eromanga sensei
情色漫畫老師
情色漫畫祭典
伏見
插畫◆
U0075356
13
Kadokawa Fantastic Novels

contents

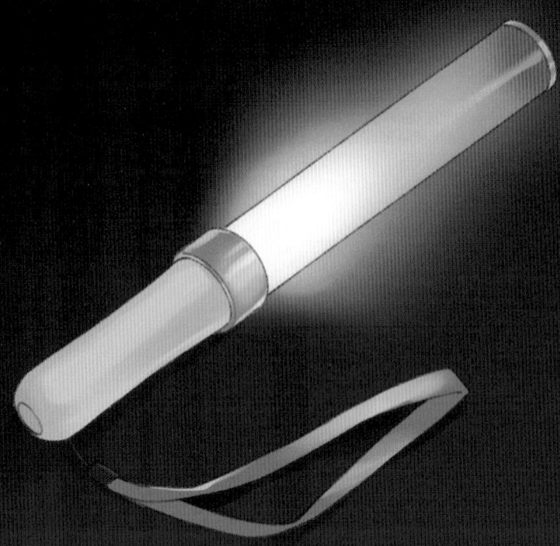

eromanga festival
eromanga
sensei 13
Sagiri Izumi & Masamune Izumi
情色漫畫老師
情色漫畫祭典

感謝一直以來的支持！
出場者

eromanga sensei

情色漫畫老師 13

情色漫畫祭典

伏見つかさ
插畫◆かんざきひろ

Kadokawa Fantastic Novels

情 ero manga sensei 色漫畫老師
第一章

第一章

我是和泉正宗，十七歲的高中二年級生。
是名邊上學邊撰寫輕小說的兼職作家。
筆名是和泉征宗。
由於各種緣故，從數年前開始跟家裡蹲的妹妹一起生活。
這樣的生活在某一天產生了重大變化。
我得知了妹妹「隱藏的祕密」。
為我的小說繪製插畫的插畫家「情色漫畫老師」。
那個人正是我的妹妹——和泉紗霧。
——這樣的「前情提要」不曉得反覆講過幾次了。
十次？不對，應該有更多吧。
我想大家搞不好也看到不耐煩了。
可是，這次希望你們讓我仔細說完。
因為這肯定會是最後一次。
「我和紗霧的故事」。不，「我們的故事」正在進入佳境。
用ＲＰＧ來譬喻，就是抵達了最終迷宮前的最後城鎮。

暫時的休息。

暴風雨前的寧靜。

總之就是這樣。

先回想起現狀吧。緩慢地、一點一滴地。

季節是冬天，十二月。

從冬COMI結束的那時候開始。

繼續我們的故事吧。

一走出五反野站，十二月的寒風便刮得臉頰一陣刺痛。

走在我旁邊的妖精伸長雙臂。

「哎呀~有種『回到故鄉了！』的感覺！」

「對喔，妳搬來這邊有段時間了。」

「是呀。本小姐已經是不折不扣的足立區居民了。」

對於從小到大住在這裡的我來說，來自國外的她覺得這座城市是「故鄉」，是一件值得高興的事。

山田妖精。有著一頭金色捲髮的美少女。看起來很保暖的大衣穿在她身上非常好看。

她對我們兄妹而言，是十分特別的人。
是同行，是尊敬的前輩，是最強的勁敵，是吵鬧的鄰居。
是最親近的摯友。
同時也是——

——要讓雙方都成為本小姐的人喔。

不畏於發下豪語，要「將我們兄妹倆一同納為己有」的情敵。
對紗霧而言，對我而言，都是情敵。
很怪就是了。
她的作風實在太超脫常理，我都不知道該怎麼形容。真的莫名其妙。
不過，唯有這一點我可以明白地宣言。
我最喜歡紗霧了。全世界——不，全宇宙最喜歡她。
我只想跟一個人，跟紗霧一個人談戀愛。
那就是和泉正宗的戀愛觀。
絕不奇怪。
就算妖精是再有魅力的女性。

就算紗霧說「那樣好像也可以」。

我也絕對不會被影響。

「征宗，家裡有本小姐親手做的蛋糕，好好期待吧。」

「太好了。但太甜的話——」

「紗霧不吃對吧？本小姐知道。」

「不愧是妳。」

懂得察言觀色，善解人意，比任何人都還要理解我們的女孩。

「其實那是本小姐今天早上跟紗霧一起做的。嘿嘿——想讓你吃吃看。」

「…………」

「你想想，這個月很忙嘛，聖誕派對、紗霧的慶生派對都還沒正式舉辦不是嗎？所以——」

妖精一副理所當然的態度，對我露出一如往常的笑容。

「把今天當成聖誕節、冬COMI的慶功宴、紗霧的生日——」

「你意下如何？」

「…………」

我絕對！不會被影響！

「征宗～？幹嘛不說話。」

「呃，抱歉……就照妳說的做吧。」

我頂著一顆發燙的腦袋，毫不猶豫地回答。

因為「山田妖精的建議」對我們來說，肯定是幸福的好主意。

我們從五反野站走回家中。

路上，有人從後面叫住並肩走在一起的我和妖精。

「嘿，兩位。」

「怎麼了，亞美莉亞？」

妖精回頭望向雙馬尾少女回問。

給人一種狂野印象的她，是插畫家愛爾咪老師。

本名亞美莉亞・愛爾梅麗亞。

是妖精多年的好友。

她不只是一位優秀的插畫家，還透過各種創作活動大顯身手，是個多才多藝的女性。不知為何沒有加入我們的對話，而是走在後面的她——

忽然著急地說：

「村征老師什麼時候不見了？」

「「……咦？」」

我和妖精目瞪口呆。

停下腳步，環視周遭，整理現狀。

今天，我、妖精、愛爾咪、紗霧（雖然她是用平板遠端參加）四個人，一起以社團名義參加冬COMI。

出了附插畫的小說本，順利完售，賺了一點小錢。

然後跟村征學姊會合，現在在回家路上。

大家一起走回妖精家。

但村征學姊不知何時不見了。

周圍也看不見那位和服黑髮美少女學姊的身影。我不安地詢問大家：

「欸……妳們最後一次看到村征學姊，是什麼時候？」

「上次轉車的時候她還在。」

「意思是她有跟我們一起搭上電車對吧？那她是在哪裡走散的……？」

我們拚命試圖回想。

妖精提供這樣的證言。

「在五反野下車後，本小姐就沒看到她了。征宗，你記得她在電車裡做什麼嗎？」

「呃……經妳這麼一問，我完全沒有她跟我說話的記憶。」

平常她會不停搭話的說。

跟小狗一樣，釋放出強烈的「陪我玩」氣息。

聽見我的回答，妖精皺起眉頭。

「嗯，本小姐也不記得有在電車上跟村征說過話。亞美莉亞呢？」

「老子看到她在看同人誌。在冬COMI送她的那本。」

「「啊。」」

我們瞬間理解一切，高速衝回車站。

「你們幾個太過分了吧！為什麼把我丟在電車上！」

過了一會兒，五反野站的出口旁邊。

村征學姊彷彿快要哭出來了，對我們怒吼。

「我在專心看書，回過神時就到了竹之塚！我一直以為自己在跟征宗學弟說話，後來才發現是在跟不認識的幼兒說話！要是他的家人沒告訴我，我說不定會直接坐到終點站！」

我忍不住想像起來。

視線落在同人誌上面，天真爛漫地對不認識的親子叫著「征宗學弟！征宗學弟！」的村征學姊。

根本是可疑人士。一不小心八成會變成妖怪或都市傳說那類。

我差點在內心笑出來，心懷愧疚向她道歉。

「對不起，學姊。我沒想到妳沒跟在後面……」

「因為，誰知道妳會走散呀。又不是小孩子……錯不在我們身上。」

妖精傻眼地說，為學姊的怒火又加了一桶油。

「唔唔唔……」

咬牙切齒滿臉通紅的模樣，只有可愛一詞可以形容。

這位黑髮和服美少女是千壽村征學姊。

她也是我們兄妹的重要之人。

是累計銷售量超過一千萬冊的大作家。

偉大的同行前輩。

跟妖精一樣是我們的摯友。

輕小說家——和泉征宗的狂熱粉絲。

曾經跟我告白的人。

如你們所見，也是年紀比我小的可愛少女。

妖精詢問臉紅的村征學姊：

「是說村征，妳看的那本同人誌……不是在會場就看完了嗎？」

「當然是在重看啊。」

「回家再看啦。」

「我怎麼可能忍得住？書就在手上耶。」

「這人講得一副理所當然的樣子耶。」

愛爾咪半是傻眼地苦笑。

「哈哈，如果跟村征老師一起去旅行，她感覺會在途中走丟。」

「哼，我才沒那個計畫跟妳一起去旅行。」

「是喔，老子還在想說等情色漫畫老師——紗霧可以出遠門之後，大家一起去旅行。村征老師不去是嗎～這樣啊～真可惜～」

「不要排擠我！會害我想起沒人邀請我去冬COMI的傷痛！」

「喂，愛爾咪，不要欺負村征學姊。」

「嘻嘻嘻，不小心的啦。她太好玩了。」

妳這人就愛欺負喜歡的女生。

讓我說明一下——

決定參加冬COMI的時候，我們故意沒去邀請村征學姊。

我們會拖累千壽村征。

有這麼一個祕密的理由。

所以她覺得「只有自己一個人被排擠」，一直在鬧脾氣。

真正的理由不方便告訴她，因此這個誤會並未解開。

……各位是否逐漸想起來了呢？

想起我們。

想起和泉征宗和和泉紗霧經歷過的許多故事。

若你們還沒想起來，請放心。

「總之大家順利會合了。快點回去吧。」

「對呀——快回去吧。」

見到情色漫畫老師後。

一定馬上就會想起。

「「回到紗霧身邊。」」

從五反野站走了一段路……我們兄妹倆住的和泉家，以及隔壁的房屋——山田家映入眼簾。

那是棟家主妖精命名為「水晶宮殿」的豪宅。

最近，我和紗霧搬進這棟水晶宮殿暫住。

第一章

由於旁邊就是自己家，我們來來回回，一下在這邊過夜，一下在那邊過夜。過著這樣的每一天。

——聽到這邊，或許會有人感到驚訝。

那個極度怕生，一直閉門不出的紗霧，竟然暫住在朋友家。

沒錯。

紗霧的家裡蹲症狀，最近迅速得到了改善。本人的努力當然是最主要的原因，不過最後推她一把的人，是妖精。

一直以哥哥的身分陪伴她的我，既高興又不甘心。

我懷著複雜的心情望向山田家。這時——

「哥哥！小妖精！小愛爾咪！——還有小村征！」

有個人笑著從水晶宮殿的窗戶對我們揮手。

宇宙第一的美少女。

「歡迎回來！」

和泉紗霧。

我的女朋友，互許終身的人，可靠的搭檔，第一個粉絲——

「我回來了！情色漫畫老師！」

「人家不認識叫那種名字的人！」

eromanga sensei

我的妹妹。

派對在山田家的客廳舉辦。

「「生日快樂，紗霧。」」

「嘿嘿嘿……謝謝。」

紗霧在眾人的中心靦腆地笑著。

「大家也是，冬COMI辛苦了。恭喜完售，也恭喜回本。」

「這還用說！那可是本小姐的社團！妳也是其中一名成員喔！」

妖精得意地挺起胸膛。

「賺不多就是了。」

愛爾咪調侃道。事實上，這場派對就快把我們在冬COMI賺到的錢花光了。

「又不是為了賺錢才參加的，不過——真對不起特地跑來攤位的粉絲。」

「這次拿出了實際的成果，下次應該可以提高印量。」

「下次一定要記得邀我！這麼有趣的企畫竟然只瞞著我一個……欺人太甚！」

村征學姊好像耿耿於懷。

儘管處於激動狀態，她用筷子吃蛋糕的姿勢依然優雅。

這個人幾乎不會用叉子。

「唔，你們幾個在笑什麼？我可是在生氣喔？」

「哈哈，對不起，學姊。」

「可是，會笑很正常。理由本小姐不會告訴妳就是了。」

因為，剛才的對話。

——記得邀我。

這句話。

代表尊敬的千壽村征，承認了我們身為作家的實力。

我和妖精有同樣的感覺，相視而笑。

「又、又營造出只有你們懂的氣氛……！」

「哎唷，今天是個好日子，別生氣啦。」

愛爾咪單手拿著玻璃杯，安撫村征學姊。

「乾杯吧，聖誕快樂！」

「「聖誕快樂！」」

自暴自棄的聲音重合在一起。

今天是紗霧的慶生派對、冬COMI的慶功宴、聖誕派對。

綜合了太多目的，變得亂七八糟。

算了，開心就好——只要紗霧高興，怎樣都無所謂。

「來，紗霧。這是我們送妳的生日禮物！」

妖精探出上半身，將紙袋遞給紗霧。

「咦……禮物？真正的生日我也有收到禮物……不能再收一次。」

「沒關係啦！打開來看看。妳一——定會喜歡！」

「咦咦……？」

紗霧困惑地接過禮物，確認內容物——

「喔呼～～～～～～～～～～～～♡」

發出不符合美少女形象的歡呼聲。

她擺出林克找到重要道具時的動作，舉起紙袋。

兩眼冒出♡。

看到她高興，我也很開心——不過這個反應實在太可怕了！我冒著冷汗問：

「那東西——有這麼猛嗎？」

「當然猛！好高興～～～～～～～～～～～～～♡我託你們買的同人誌，你們真的買到了！」

紗霧抱緊紙袋。

我們送她的禮物，是在冬COMI出的同人誌。

代替不能去會場的紗霧買來的。

當然全是未成年人也能看的本子，希望大家不要誤會。

「唔呼呼呼……我一直透過網路關注的孩子們的實品……終於……」

是真的。我沒有說謊。我們沒買多色的本子給她……！

她的行為完全是個大叔，沒辦法，這就是情色漫畫老師。

跟平常一樣。

即使是這副德行，可愛就好。她高興就好。

我揚起嘴角。

「每個月都有紗霧的生日也不錯。」

「……征宗還是老樣子，一扯到妹妹就會變怪人。」

沒禮貌。

「對了，紗霧。我有個建議，妳可以聽聽看嗎？」

「……什麼建議，哥哥？」

紗霧擦掉口水，若無其事地恢復成冷靜的表情。

我向妹妹開口說道：

「要不要大家一起去新年參拜？」

「大家一起……意思是……我也要去？」

「那當然。」

「……跟平常一樣，用遠端的？」

「不，是一起去外面。」

「唔咦咦……」

紗霧驚訝地睜大眼睛。我放輕語調詢問：

「不行嗎？」

「辦、辦不到！人那麼多的地方……我還不敢去！」

她兩眼瞇成><形，用力揮手。這個反應如我所料。

「那『人不多的地方』呢？」

「……那就沒問題，吧……跟哥哥在一起的話……不、不過……」

「征宗學弟，哪有『新年參拜會去，人又不多的地方』？新年當天，照理說到處都會人滿為患。」

村征學姊說出符合常識的吐槽。

「對啊。所以——」

我點點頭，露出淘氣的笑容。

「我們明天去新年參拜吧。」

「征宗學弟？明天還沒過年喔？」

「我知道，學姊……剛才妖精不是說了嗎？今天是紗霧的生日、是聖誕節、是冬COMI。就當成那樣。所以，把今天當成今年的最後一天吧。把明天當成一月一日吧。明天去的話——應該不會有太多人，紗霧也能一起去新年參拜吧？」

「哥哥……」

「哈哈，很像截稿日將近的艾蜜莉會說的話。」

「不只本小姐，暢銷輕小說家全都擁有操縱時間的異能！他們會讓時間倒流，完成原稿！」

那為什麼會有一直出不了新書的輕小說家？

「新年參拜呀——征宗難得提出一個好主意。呵呵呵……對本小姐來說，今天是十月二十八日！可是本小姐破例將明天當成一月一日！」

山田妖精大師已經進行了長達兩個月的逃避現實（時光倒流）。

截稿日絕對趕到不行，這個人的心靈卻堅強到可以毫無罪惡感地跑出去玩。

真是個大人物。但我一點都不想向她學習。

村征學姊撞了下我的肩膀。

妖豔地側目看著我。

「征宗學弟當然會邀我同行吧？」

「一定的。不會排擠村征學姊啦。」

「那就好。我本來就打算新年要來玩。只不過是把行程提前幾天，不成問題。」

「決定嘍。」

妖精得意地笑了。

我很感謝大家有這份心——但把當事人晾在旁邊討論可不好。

「紗霧，妳沒問題嗎？太勉強的話還有其他方案——」

「沒關係。」

紗霧緩緩搖頭，臉上漾起柔和的笑容。

「我想去新年參拜。跟大家一起。」

「這樣啊。」

我感覺到胸口發熱，回以微笑。

「那就去吧。一起去。」

「嗯！」

事情就這樣決定了。

隔天一大早。天還沒亮，我們就從山田家出發。

冰冷卻清爽的風拂過肌膚。

我伸了個懶腰，深呼吸。就在這時——

「征宗！久等嘍——！」

盛裝打扮的女性成員打開大門出現。

比任何人都還要適合和服的村征學姊自不用說，穿著華麗的妖精、一反常態散發一股女人味的愛爾咪，都朝周圍釋放出強烈的魅力。

其中格外耀眼的，是換上和服的紗霧。

宛如真正的仙女。看到她穿泳裝的時候，我是不是也用了類似的譬喻？感覺會被罵「身為作家詞彙量還這麼少」──沒辦法，她就是仙女。

穿和服的紗霧，真的仙氣十足。

「好壯觀，大家都很好看──不過紗霧是最好看的。」

「……謝謝哥哥。」

紗霧害羞地握住我伸出去的手。

我們牽著手邁步而出。

穿過水晶宮殿的大門，經過和泉家。

緩慢地一步步前行。逐漸遠離她一直關在裡面不出來的房間。

每一步都蘊含重大的意義。

「會不會怕？」

「不會，因為有大家在。」

「這樣啊。」

「因為，哥哥就在旁邊。因為，哥哥牽著我的手。」

「……這樣啊。」

我感動得快哭出來了。

轉頭一看，和泉家變得有點小。彎過這個轉角，就會消失在視線範圍內。

來到這麼遠的地方了。

我們的父母再婚，和泉正宗與和泉紗霧成為兄妹。

失去珍愛的家人。義妹變成家裡蹲。

得知情色漫畫老師的真實身分。

擁有共同的夢想。

兩個人一起走到這裡。

「快到了，紗霧。」

「嗯。」

我們穿過石鳥居。

說到這一帶經典的新年參拜地點，就是西新井大師吧。

要帶紗霧去還有難度。得再等一陣子才能搭電車約會。

「這時間果然沒人。」

「得小心不要太吵。」

「呼呼呼，那就是日本『狛犬』對吧！」

妖精和村征學姊在無人的神社境內環視四方。

她們有點進入取材模式，八成是職業病使然。

我們提早數日，來到和泉家附近熟悉的神社新年參拜。

周圍沒有高大的建築物，抬頭可以看見廣闊無垠的天空。

天空萬里無雲，昏暗的天色慢慢染成清晨的魚肚白。

冬日的早晨最為宜人。

腦中突然浮現這句話。

「嗳，征宗老師。新年參拜要幹嘛？」

「模仿我就好。」

「征宗、紗霧，我們也去參拜吧。」

在我恍神的期間，妖精她們已經先走了。

「哥哥，走吧。」

「嗯。」

我們急忙跟在後面，等待大家參拜完。

「這次是特例。本小姐要把願望用在你們身上。嗯……這個嘛，祈願你們兩個和《世界妹》的動畫工作人員身體健康好了。」

《世界妹》——《世界上最可愛的妹妹》是和泉征宗寫的輕小說。

動畫預計在四月開播。

「謝謝妳，小妖精。」

紗霧帶著自然的笑容道謝。

雖說她現在敢來到戶外了，家裡蹲症狀還不能說徹底痊癒。

我慎重地觀察紗霧的狀態，目前看起來沒有問題。

我在內心鬆了口氣，詢問妖精：

「以妳來說，這個願望真是拐彎抹角。直接許『希望動畫成功』不行嗎？」

「一部作品的成功，不是靠求神拜佛求來的吧。」

「經妳這麼一說，確實如此。」

收回前言。這個願望實在很符合妖精的個性。

「……咦，小妖精。妳手上的信封是？」

「香油錢。」

「那是整疊鈔票耶！」

感謝妳的心意可是給我住手！這傢伙真的是……一逮到機會就會做這種事。

之前我生日的時候也是，她說著「一起玩這個吧！」把遊戲連同主機一起送給我。

金錢觀實在過於豪邁。

在我們吵吵鬧鬧之時，參拜完的村征學姊和愛爾咪回來了。

「喂，漫畫家（愛爾咪）老師。妳在左顧右盼什麼？」

「嗯～沒有啦，老子在找繪馬這個東西。」

「這麼早店還沒開吧。」

「真的假的～？虧老子那麼期待。」

愛爾咪垂下肩膀，似乎發自內心感到失望。妖精拍了下她的背。

「包在本小姐身上，亞美莉亞！本小姐早料到會有這種事發生，事先買好繪馬了！回家後大家一起寫吧！」

「不愧是艾蜜莉！愛妳喔！」

「嘿嘿嘿，本小姐也愛妳！」

「要寫繪馬是可以，寫完後妳們打算拿它來做什麼？再拿去供奉嗎？」

村征學姊問。

「當然是裝飾在本小姐的房間裡面。不覺得會受到保佑嗎？」

山田妖精大師的自我評價，到達了神佛的境界。

「意思是要把繪馬供奉在妖精的房間？這樣不就像在對妳祈願嗎？」

「呼呼呼，儘管向本山田大明神說出願望吧……不是不能為你實現喔？」

妖精擺出神似貴族官員的動作，謊稱自己是神明。

紗霧閉上眼睛，雙手合十，膜拜那尊假神。

「請讓我看妳脫內褲。」

「妳會遭天譴！」

「哥哥！小妖精打我！」

「……是情色漫畫老師不好吧。」

「人家不認識叫那種名字的人。」

哎，該怎麼說。

幸好今天神社沒有賣繪馬。

離開神社後，我們踏上通往山田家的歸途。

從踏出家門的那一刻，我和紗霧就一直牽著手。

跟最愛的女友牽手。每次心臟都快要爆炸，已經是過去式。

現在感覺到的，是平靜滿足的心情。當然還是會心跳加速啦。

溫暖的幸福感不斷持續下去。我絲毫不將寒冬的冷空氣放在心上。

回家途中。紗霧叫住悠然走在前方的妖精。

「小妖精？妳家過了耶，妳要去哪裡？」

「當然是荒川河堤。」

妖精回過頭，洋洋得意地挺起胸膛。紗霧則一頭霧水。

「什麼叫『當然是』……小妖精總是說明不足。」

「我大概知道她要做什麼。」

「真的嗎？哥哥。」

「嗯──紗霧，除了新年參拜，新年早上的活動是？」

「那……個……吃年糕湯？」

「我們煮了很多，回家再吃吧。還有呢？」

「吃年菜？」

「我有帶年菜過來。我滿有自信的，敬請期待。」

村征學姊說。

對喔，剛剛在妖精家看見好大的重箱。

原來那是學姊煮的年菜啊。

「本小姐當然也有準備年菜！呵呵呵……這是要跟村征來場廚藝比賽的發展！」

「呵，有趣。妖精──比日式料理我是不會輸的！」

兩人之間炸開火花。

不不不，兩位，話題扯遠了。

「紗霧，難道妳餓了？」

「……才不是。」

紗霧害羞地用鞋底敲擊地面。

熟悉的「踩地板」聲，傳達出隱藏的真心話。

「你、你在笑什麼？就說不是了……！」

「抱歉抱歉。早餐請妳再等一下。」

別再故弄玄虛，告訴她真相吧。

我抬頭看著朝陽尚未完全升起的天空。

「難得在『新年的早上』出門……」

「去看新年的第一道曙光吧。」

「還沒過年啦」這種不解風情的想法，已經被我忘得一乾二淨。

我們一起走在通往河堤的天橋上。

從小到大爬過無數次的樓梯。走過無數次的橋。

來來往往的汽車與噪音。廢氣的味道。

不是什麼觀光勝地。

我曾經在這裡踩到狗屎，甚至會覺得髒。

如果問當地人這座城市的代表色，他們想必會回答灰色。

灰色的城市、平凡無奇的天橋，對我而言都是刻在靈魂上的故鄉景色。

走下天橋，抵達河堤。

「太陽升起來了呢。」

「哎呀……錯過了決定性的瞬間。」

我對感到遺憾的妖精和愛爾咪說：

「現在這個時間剛好。」

「為何，征宗？」

「妳們看。」

我停下腳步，指向前方。

紗霧握緊我的手。

「哇……」

下方的水面在晨光的照耀下閃閃發光。

我認為從這裡看見的夕陽及朝陽，是這座城市的寶物。

「這裡是我跟家人充滿回憶的場所。」

「哥哥的……爸爸和媽媽。」

「嗯。還有……妳。」

「咦……？」

突然這樣跟她說，她也不會懂吧。

「有煩惱的時候，我經常……到這邊來。要做重大決定的時候，都是在這裡。那年春天……發送郵件給那個人的時候也是。」

「……………」

我說出口的，是不足以讓對話成立的話語。

不過，那是什麼時候的事。

用不著明言，她也一定會知道。

「這樣呀。」

「今天，回憶又增加了。」

「呵呵。」

手掌傳來被握住的觸感。

「征宗。」

紗霧用這個稱呼呼喚我。

跟我們變成男女朋友時她叫我的「正宗」，有不同的意義。

「回到以前的相處模式一下吧。」

跟當時一樣，是偏向成人男性的語氣。

有種非常懷念的感覺。

「妳要我做什麼？」

「你不是說過嗎？跟我講那段回憶的時候，你看起來超難為情的。」

「喔。」

我明白了。

當時的我比現在更～～～加愚蠢、幼稚，做事不顧後果。

魯莽又熱血，只懂得直線向前衝。

是個與勇者征宗之名相稱的大白痴。

——嗯，是啊。

如果是年紀輕輕就放話說要「成為職業輕小說家」的那傢伙，在這個狀況下不可能不做那件事。

「好，來吧。」

「來吧。」

我們相視而笑。

對著燦爛的朝陽深吸一口氣——

「「《世界妹》的動畫！絕～～～～～對，要讓它成功～～～～～！」」

兩人一同吶喊。

「哈哈哈。」

「呵呵——」

笑聲脫口而出。

讓我變回中二幼稚的臭小鬼，面對這個大挑戰！

讓許多人看到我們的作品，閱讀我們的作品。

身為作者的我們兩個，也要全力享受這場祭典。

然後實現夢想。

「我忘記說了。哥哥，新年快樂。」

「嗯，新年快樂。」

今天也請多多指教，情色漫畫老師。

世人比我們晚了幾天迎接新年。

如假包換的一月一日。

第二次的新年。

可是，我們先體驗過新年的各種活動了，因此過個年並沒有帶來什麼變化。硬要說的話……就是收到賀年卡。

去年對我們關照有加的動畫工作人員。

作家朋友。編輯部的人。

知道和泉征宗真實身分的同校讀者。

和泉紗霧的同班同學。

一大早我就在看他們寄來的賀年卡。

在發生好事的這天早上，我愉快地烤麻糬給家人吃。

「好吃——麻糬有各種吃法，真有趣！」

「征宗，再來一碗！加醬油跟海苔！」

「哥哥，我要黃豆粉的！」

妖精、愛爾咪、紗霧活力十足地吃著麻糬。

家裡離這邊有段距離的村征學姊不在。

因為之前跟大家一起去新年參拜了，第二次的新年她要跟家人一起過。

「好好好，等一下～」

今天我們不是在妖精家，而是在和泉家吃早餐。

雖然沒有特別制定規則，輪到我做菜的時候，會在這邊吃。

「哥哥看起來心情很好。」

「嗯，因為這幾天都有機會做家事。」

「有機會……好奇怪的說法。」

「或許吧。」

我高興地笑著。

妖精、紗霧都會幫忙做各種家事，我非常感激——

不過我就老實說了。我也想做家事！

想做菜給別人吃，想把家裡打掃得乾乾淨淨！

因為跟紗霧兩個人一起住的時候，照顧妹妹、做家庭主夫的工作，是我的樂趣。

絕對不會不甘願。是我自己愛做的。

所以我偶爾會想念紗霧踩地板的聲音。儘管我從未說出口。

「？哥哥，你怎麼了？」

「沒事……變得可以跟妳一起吃飯，我超開心的。」

當然，這也是真心話。

「呵呵，紗霧，征宗他啊——」

妖精露出奸笑，我還來不及阻止，她就——

「大概是在懷念家裡蹲時期的妳。」

「喂！」

幹嘛講出來！妳這傢伙絕對在看我的獨白對吧？

「是這樣嗎，哥哥？」

「……一點點。」

我勉為其難地承認。雖然對努力不懈，逐漸克服家裡蹲的紗霧講這種話不太好，但對她說謊更不應該。

「可是，希望妳不要誤會。看到妳的家裡蹲症狀有所改善，我更～～～～～～～～～～～～～～加高興喔。」

「嗯，我明白。比誰都還要明白。」

紗霧露出平靜的微笑。然後——

「因為照顧喜歡的人很開心嘛。」

我還以為心臟要停止跳動了。

紗霧似乎也知道自己說了羞恥的台詞，羞得臉頰染上紅暈。

「所以，輪流吧。」

「嗯，妳說得對。」

今天輪到我。

我要拿出全力照顧她。

「咳咳咳——好熱喔！夏天到了嗎？」

「征宗！老子的麻糬還沒好嗎——？」

兩個電燈泡大聲嚷嚷，驅散浪漫的氣氛。

我不會嫌她們煩。反而懷著想要捧腹大笑的心情說：

「抱歉抱歉，我現在就去烤。」

就這樣——

第二次的新年。熱鬧的早餐時間流逝而去。

「征宗，今天要玩什麼？」

妖精舔著嘴脣問。

「歌牌、雙六、羽子板都玩過了，本小姐想去河堤放風箏！」

看來妖精這傢伙想把「新年遊戲」全玩過一遍。

我冷淡地回答她：

「我要工作。」

「什麼！」

她用雙手摀住嘴巴大叫，做出誇張的反應。

「新年就在工作，你腦袋有問題嗎？」

「沒禮貌。新年之前不是慶祝過了嗎？是妳提議的。」

「就算這樣，今天也還算在新年期間吧。」

「我已經休息夠，想要工作了。」

「你之前不是提早把工作做完了嗎？所以才有空參加冬COMI吧？動畫也要等到月中才會開始配音吧？也沒有任何快要截稿的工作吧？」

「新年期間，我還是不停收到要監修的動畫腳本喔。」

意即動畫的工作人員之中，有幾個人現在確實還在工作。

「嗚哇……」

當然，他們絕對不會對作者說「請你新年也照常工作」。

然而……

多少感覺得到一種……「你懂吧？」的暗示。

真想對其他輕小說家和資歷豐富的社會人士做問卷調查。

這種時候該如何是好？

「你應該要跟山田小妖精玩！紗霧也這麼覺得吧？」

「哥哥有在乖乖休息，他想怎麼做就怎麼做吧。」

「紗霧！」

不愧是我的搭檔，明白我的心情！

我說的不是「必須工作」。

而是「想要工作」。

「唔唔唔……」

通曉人情的妖精是明知如此，還邀請我出去玩吧。

她判斷局勢對自己不利，陷入沉默，紗霧無視她說道：

「哥哥，今天工作完……可以陪我商量一件事嗎？」

「當然沒問題。什麼事？」

我如此回問。

「我想在外面……跟小惠見面。」

紗霧向我提出「請求」。

神野惠。紗霧的同班同學兼班長。

朋友眾多的現充，非常愛管別人家的事，同時也是情色漫畫老師與和泉征宗的粉絲。

是我和紗霧重要的朋友。

「想在外面跟惠見面」。

儘管有條件，紗霧現在敢到外面去了。

這幾天，她體會到跟妖精、愛爾咪、村征學姊她們——「跟朋友在外面玩」的樂趣，想起了那份心情。

自然會想跟惠見面。

「好，包在我身上。我馬上聯絡她。」

惠用ＬＩＮＥ傳了拜年訊息給我，回覆那則訊息就行。

「咦？現在嗎？你不是要工作？」

「明天再開工。我只是『想工作』而已，沒有『必須立刻處理的工作』。」

「征宗！跟本小姐剛才邀你出去玩的時候，態度差太多了！」

我對氣呼呼的妖精說：

「囉嗦。紗霧的請求優先度是最高的。」

「這句話像大魔王的左右手會說的！真是！很符合你的作風！」

抱歉啦，妖精——我在內心道歉，用智慧手機跟惠拜年，傳達紗霧的願望。

過沒幾秒就收到回覆。

「好快！」

不愧是惠，秒回啊。

我偶爾會懷疑現充是不是魔法師。

「哥哥，小惠怎麼說？」

「我看看。」

——十點在高砂書店見面吧——小紗霧，Come on♪

「她是這樣說的。」

這則訊息讓人想像起惠笑著揮手的模樣。

「高砂書店是……」

「車站前的書店。智惠家開的。」

「……新年去書店？」

為什麼？紗霧面露疑惑。

我也不知道。

今天是新年。

書店沒開吧？

雖然覺得奇怪，我們兩兄妹還是決定前往高砂書店赴約。

妖精她們則跟我們分開行動。為了享受新年的遊戲，那幾個人已經往河堤出發了。

我們也做好外出的準備，在玄關穿鞋——就在這時。

「……新年快樂。」

穿睡衣的美女睡眼惺忪地走過來。

身體搖來搖去，一副還沒睡飽的樣子。

她是——

「京香！新年快樂！」

「新年快樂，京香姑姑。」

我急忙移開目光，跟她拜年。

和泉京香。

我們兄妹的監護人。

對我而言是有血緣關係的姑姑。

最後的，重要的家人。

「你們要出門嗎？」

「嗯！」

「是的，去找朋友。我有準備早餐，妳等等可以吃。」

「謝謝……對不起，我睡太晚了……」

「沒關係啦。」

「……壓歲錢……晚點再……給你們……」

「謝謝。」

京香姑姑昨晚參加尾牙應酬，很晚才回來。

應該相當疲憊吧。

她還半睡半醒，平常精明幹練的氣質蕩然無存。

「京香，京香。」

「……嗯，怎麼了，紗霧？」

京香姑姑的聲音軟綿綿的。紗霧則用有點擔心的語氣說：

「妳的睡衣，鈕子，一顆都沒扣。」

「對呀……呼啊……」

「這人不行了……九成是在睡夢中吧……」

「哥哥不准看！」

我的眼睛被紗霧從背後遮住，眼前一片黑暗。

「我、我立刻轉頭了，沒在看啦！」

「還是不行！」

那妳是要我怎樣？我已經做了最妥善的應對措施。

過了十秒、二十秒、三十秒……

「那個……紗霧？我們要維持這個姿勢到什麼時候？」

「等一下，我正在把這個畫面畫在腦海。」

看來情色漫畫老師在搜集新的作畫資料。

情色漫畫老師

經歷在玄關發生的小意外後，我們牽手往五反野站的方向走去。

「稍微習慣外出了嗎？」

「嗯，雖然只有一點點。」

「這樣啊。」

這是好徵兆。慢慢習慣，慢慢前行吧。

早上的街道清爽宜人。

紗霧好奇地東張西望。

宛如奇幻世界的精靈來到這個世界觀光。

她會好奇很正常。

紗霧最近才有辦法一步步來到戶外。

不過——

「從來沒有像這樣到處亂晃過。」

「？哥哥，你說什麼？」

「妳心情好的時候，再出來散步吧。」

「嗯，一起。」

「對，一起。」

今天是新年，所以每家店都沒開。

等紗霧再習慣外面一點，想在這座城市跟她一起買東西。

不是特別的地方也無所謂。例如我平常會去的超市——兩個人一面聊天，一面採買晚餐的食材，提著購物袋踏上歸途。

但願有朝一日，可以看見這樣的日常景色。

「高砂書店在哪裡？」

「車站旁邊。瞧，已經看得見了——」

我指向前方。

然後。

「——咦？」

看見出乎意料的景象。

「書店有開耶？」

沒錯。書店有開。明明是新年。不僅如此——

「啊！哥哥、小紗霧！新年快~~~~~樂♪」

穿圍裙的惠在店門口迎接我們。

「小惠！」

「妳在做什麼？」

「如你所見！的說♪」

「就是看不出來才問妳啊。」

「咦～？這個啦，這個。」

惠用全身的動作指向堆著大量紙袋的平台推車。

「我在賣『高砂書店特製福袋』！」

「喔喔～～～～」

紗霧張開可愛的小嘴讚嘆……我的疑惑卻仍未得到解答。

為什麼書店新年就在開店？

為什麼惠在做店員的工作？

高砂書店福袋是什麼東西？

問號隨著跟惠的對話愈變愈多。

「歡迎光臨，阿宗。」

正當此時，救世主出現了。

面帶柔和笑容，穿圍裙的黑髮少女。

她是高砂智惠。我的同班同學——兼輕小說友。

「智惠，新年快樂。」

「嗯，新年快樂。歡迎妳來，紗霧妹妹。」

「新、新年，快樂。」

紗霧有點緊張。

趕快進入正題吧。

「我說，今天是怎麼了？新年還開店。」

「不只我家，書店最近經營得很辛苦，所以我們在試著採取各種對策。」

智惠連抱怨生意不好的時候，都完全不會散發負面情緒。

我很喜歡她這種個性的朋友。

因此，我也一如往常地詢問：

「所以才在賣福袋嗎——內容物是？」

「當然是書的福袋！每袋都是我親自挑選裝袋的！」

原來如此，這樣的話確實是「高砂書店特製福袋」。

「可是實體店面的書不是不能打折嗎？」

「沒錯，這叫再販賣價格維持制度，規定書店不能打折賣書。所以——我們會送點數，或者拿書以外的商品做成套組販賣，設計划算的福袋。」

「……嗯嗯。」

仔細一看，福袋上貼著書籤，上面寫的好像是內容物的風格，例如「甜～蜜的故事」、「經典推理小說十選」、「今年必看的輕小說」。

價格也分成好幾個等級，可以從數種福袋中挑選。

既然不能打折賣書，要把「書的套組」統統調整成同樣的價格應該有難度。

「這位客人，要不要買一袋呀～？」

惠用有點可疑的語氣向我示好。

這傢伙最近的色情度大幅提升耶……

要不是因為我有世界上最可愛的女友，搞不好會被她誘惑，買下一堆福袋。

「智惠啊……這位新店員是怎樣？」

「我請她過年期間來幫忙。報酬是借她『高砂智惠推薦的輕小說五十選』。」

「哦？」

那個報酬我也超想要的。

「就是這樣——掉了輕小說坑是很好，但我的零用錢不夠。國中生又不方便找打工。」

一個月只能買三本。惠垂下肩膀。

我認為她真是位超出水準的好讀者。

國中生像這樣用有限的零用錢買書來看。

非常值得感謝——對我們輕小說家來說，是不能忘記的重要事實。

紗霧不曉得是不是感應到了我的想法，對扮成店員的惠豎起一根手指。

「小惠，給我一個福袋。」

「謝謝妳～小紗霧。妳要買哪個？」

「嗯……這個『超划算！動畫化作家筆下的少年們英勇奮戰的輕小說！』好了。」

「啊。」

智惠大驚失色，臉上彷彿寫著「糟糕」兩字。

紗霧肩膀一顫。

「咦？怎、怎麼了嗎？」

「那個，最好不要……買那一袋……比較好，吧？」

「……為什麼？」

「呃～…………」

智惠移開視線，一副難以啟齒的模樣。

隱約猜到原因的我，偷偷觀察用釘書機釘起來的福袋的內容物。

「果然！全是我寫的輕小說！」

「……被發現了。」

嘿嘿。智惠可愛地吐出舌頭。

我的雙手顫抖不已。

「妳、妳這傢伙……竟然把朋友傾注靈魂寫出的書，放進超值福袋賣……？」

「阿、阿宗，這是誤會！」

「哪裡是誤會！還附贈高級咖啡禮盒，超划算的！」

本體根本是咖啡。我的自尊心受到重創！

「我倒覺得能在我們家推出的不能打折的活動，跟電子書的折扣措施比起來根本不算什麼喔。」

「妳是不是故意提到以我的身分不能隨便回答的話題，想要唬弄過去？」

「沒有啦沒有啦。只不過，我想說的是——」

書店店員對憤怒的我使用禁卡。

「如果你要對我發火，也要去抱怨電子書為什麼要打折喔。」

「唔……！」

多麼卑鄙的說法……！

「不然就不公平了。」

唔……唔唔……

被逼入絕境的我緊閉雙眼——

「我認為這是用來吸引新讀者的優秀措施。」

「阿宗好弱！」

「哇，哥哥超沒用的～」

看到我廢得態度瞬間一百八十度大轉變，智惠&惠紛紛嘲笑我。

我垂下頭來，紗霧摸著我的背安慰我。

「沒辦法。在公共場合說電子書的壞話不太好。」

「紗霧……」

我對她的愛逐漸加深……因為有點無聊的理由……

「不開玩笑了。」

智惠的語氣中還帶著一絲笑意。

「不得不把你的作品放進福袋，是因為我們家有點太常設置『和泉征宗特區』了，希望你原諒我。」

那就沒辦法了。

因為至今以來，偉大的高砂書店一直在幫忙宣傳「和泉征宗」和《世界妹》。

「是說，我本來就沒多生氣啦。」

書店、粉絲，有時包括黑粉。

願意看我寫的書，分享感想的所有讀者，都對作品的人氣有所貢獻，是作者（我）應該感謝的人。

我無論如何都沒辦法責備他們。

「是嗎？那我就放心了。」

智惠和我相視而笑，緩和氣氛。

剛才我講話不小心太激動，其實大部分是玩笑話。

因為包含福袋等折扣措施在內，書店及出版社策劃的活動，全是為了讓更多人看到我們的作品，此乃不容置疑的事實。

就算不看上頭的臉色，我也會肯定地說，沒什麼好生氣的。我心懷感謝——應該要感謝。原諒我這句話留有一點言外之意。

願意從少量的零用錢中抽出五百塊買書的讀者、在出版過程中提供協助的許多相關人士。我自己灌注在作品中的心意。

實在太多了，不計其數……我怎麼樣都會為打折感到愧疚。

這個問題真複雜。

「總之，買另一袋吧——紗霧。」

「嗯……那就，這袋。」

紗霧重挑一袋，買下裝著「甜～蜜的故事」的福袋。

就這樣，我們也靠「划算的福袋」買了書。

下次見到「甜～蜜的故事」的作者大人時，實在開不了口告訴他「你的書放在福袋裡所以我拿來看了」。

或許我沒有資格生氣。

……不對，應該有一點吧？大家覺得呢？

「好好閱讀這些書吧，哥哥。」

「是啊。」

我用力點頭，偷看了一下福袋的內容物，看見「獅童國光」這位作者。

……………………………………怎麼辦？

買福袋買到了朋友的書。

「智惠，謝謝妳辦了這麼一個給人造成強烈精神負擔的活動。」

「不客氣，我們都這麼熟了。」

「進入正題吧，我們是被惠叫來這裡的。紗霧想跟她見面。」

「是這樣嗎小紗霧！我好高興～～～～～～～～～♡」

惠感動得抱住紗霧。

紗霧被緊緊抱住，看起來既難受又高興。

「小惠……我，可以到外面了……所以……」

「嗯！嗯！一起出門玩吧！」

我面帶微笑，看著兩人交談——

「所以……我……那個。」

「四月開始，我要去……上學。」

我和惠的尖叫聲，響徹了高砂書店。

平穩的新年落下帷幕，故事加快腳步邁入佳境。

休息時間到此為止。

為和泉征宗和情色漫畫老師最後的故事揭開序幕吧。

情 ero manga sensei 色漫畫老師
第二章

改變心境……不，不太一樣。該說「重新立志要貫徹初衷」吧。

迎接新年的我，從來沒有這麼熱血過。

因為人生最為盛大的祭典近在眼前。

和泉征宗和情色漫畫老師使出渾身解數創作的輕小說《世界上最可愛的妹妹》。

動畫四月就要開播。

除此之外。

一直閉門不出的妹妹——和泉紗霧，說她四月要開始上學。

你問我這兩件事能相提並論嗎？這還用說！

機會難得，我就講清楚吧。

我有許多夢想！

不過它們到頭來都能歸納成同一件事。

也就是「讓最喜歡的紗霧得到幸福」！

和泉征宗一直在為此奔走。過去也好，未來也罷。我絕對不會做那傢伙不喜歡的事，只要她高興，我什麼都願意做。

所以。

——「一起看我跟情色漫畫老師共同創作的輕小說的動畫」。

以一名創作者的身分讓《世界妹》得到亮眼的成績。

——「讓紗霧能到外面」。

家人的狀況得到改善。

都一樣。兩邊我都會拿出全力。

因為那對我來說是最愉快的！是非常幸福的事！

「所以！」

我激動地對走在旁邊的紗霧說。

「我們去工作吧，情色漫畫老師！」

「人家不認識叫那種名字的人！」

回應我的是出自本人口中的怒吼。平常我都是單手拿著平板跟她遠端對話，今天則是——今天開始，本人就會待在我身邊。

控制不住激動的心情——然而。

「確認這麼多次我也很不好意思……但妳真的沒問題嗎？竟然要和我一起去出版社開會。」

「沒問題！」

紗霧握緊牽著我的手。

我們走出家門，正在前往五反野站。

去」。

事情跟我剛才說的一樣。

「離動畫開播只剩數個月，想要見面討論一下相關事宜」。

和泉征宗和情色漫畫老師的責編神樂坂菖蒲小姐傳來這樣的訊息，紗霧主動提議「那我也要去」。

我當然嚇死了。繼「上學發言」後又是這個，害我嚇得心臟快要爆炸。

「哥哥擔心過頭了啦。我每天慢慢練習，能走的距離逐漸增加……之前才在說差不多可以練習坐電車了不是嗎？」

除了克服家裡蹲症狀的特訓，還有插畫家的工作要做，再加上練習做家事……

過完年的紗霧比以前加倍努力。

「是沒錯。可是……出版社那麼遠，會不會太早了點？」

「因為，感覺是很重要的事吧？神樂坂小姐甚至沒先用郵件說明詳情。」

「說不定不是好事。」

因為那個神樂坂小姐甚至沒先用郵件說明詳情。

感覺得到想在作家無法輕易逃離的狀況下談話的邪惡企圖。

趁當事人不在場的時候講這些，很像在說人壞話……可惜她就是那種人。

紗霧不知道我心裡在想什麼，不滿地噘起嘴巴。

「討厭……哥哥為什麼那麼負面？」

「責編正式要求『有事想跟你談談』不會有好事。我很懂。」

「……真的嗎？不是你想太多？」

「作品腰斬的時候、企畫告吹的時候，都是這種感覺。」

「……嗚嗚嗚。」

她快哭了。

對不起，紗霧。可是沒辦法……不祥的預感太過強烈……

時至今日，和泉征宗已經是稱之為暢銷作家也不為過的人。

但書完全賣不掉的那段時期的苦澀回憶仍未褪色。

「那時候真的好痛苦……」

「嗯……好痛苦……」

我們共享著這個惡夢。足立區的街景看起來比平常更加黯淡。

「不過，和泉老師。」

紗霧用筆名叫我。

「大部分是小村征害的吧？」

「是啦。」

那個人當時寫了跟和泉征宗內容極為相似的作品，不停摧毀我的新企畫。

「可是，如果我能想出比村征學姊更有趣、感覺更暢銷的企畫，就不會有任何問題。」

在那個階段就輸掉的新作，即使學姊沒有來搞破壞，最後也會被斬掉吧。

「所以我當時雖然很恨她——」

「現在卻不會？」

「嗯，純粹是那時候的和泉征宗太不成熟。我終於能調整成這樣的心態。現在我甚至覺得她來『摧毀和泉征宗的新作』也無所謂。」

「喔——和泉老師好帥！」

「嘿嘿，再多誇我幾句！」

紗霧發自內心的稱讚，使我害羞地摩擦鼻頭。

「好厲害！跟小村征正面對決，你也有自信贏！」

「嗯！以我現在的實力……肯定有勝算！」

……………………新作開始變暢銷的輕小說家後輩們，本人和泉征宗要苦口婆心地警告各位。

不該拿自己的青澀時期自虐。

如你所見，一眼就看得出這人在得意忘形。

還可能立起奇怪的旗標。

約一小時後——

「想拜託和泉老師配合《世界妹》的動畫開播時期撰寫新作！」

新作。不是《世界妹》，是和泉征宗的輕小說新作。

「真的假的！……那、那我得找村征學姊商量一下，死都不能跟她撞哏。」

「以前你因此大吃苦頭呢——」

「確實。」

編輯會議上。

我和責編神樂坂小姐隔著桌子進行這樣的對話。

神樂坂小姐穿著貼身的長褲套裝，嘻皮笑臉地說。

「畢竟正面對決的話，和泉老師完全沒勝算。」

「咦咦……這樣講未免太過分了吧～？」

我也嘻皮笑臉地回以同類型的假笑。內心則在不爽。

這時。

「過分的是和泉老師的態度。」

冷淡得嚇人的吐槽傳入耳中。

瞇眼瞪著我的，當然是我的搭檔——情色漫畫老師。

「那窩囊的台詞是怎麼回事？你剛剛還那麼有氣勢。」

「請聽我解釋！」

我對坐在旁邊的她深深低下頭。

「哦……請說？」

「首先，雖然只有一點，我真心覺得有勝算。我自認……能夠客觀審視自身的實力。」

「這樣呀～……你不是說『她來摧毀我的新作如我所願』嗎？」

「那是……呃……我剛剛確實說過那種話……不過一旦真的要寫新作——」

「一旦真的要寫新作？」

「希望她別來搞破壞。我招架不住。」

大家都會這樣說！不只是我！

千壽村征大師的「摧毀新作」，可是累計銷售量超過一千萬本的超暢銷作家大人會配合你的新作，以百分之百命中的機率寫出同樣的題材喔？

懷著故意要搞死你的意圖！

太可怕了……儘管都過了那麼久，那個人到底做了什麼好事……

「饒了我。對不起我太跩了。」

只能投降啦！正因為是專業人士！正因為是商業作家！

「和泉老師好遜。」

「嗚……！」

讓我重新說明一次情況。順利抵達編輯部的我們，一見到神樂坂小姐就詢問她為何叫我們來。得到的回應是剛才那句話。

——配合《世界妹》動畫開播的時間推出新作啊。

雖然不是我擔心的「不會有好事」。

「回到正題……神樂坂小姐，妳是認真的嗎？」

「這還用說。動畫的宣傳效果一定會提升《世界妹》原作小說的銷量。如果新作能多少利用這個機會，不是很棒嗎！我還制定了宣傳計畫！」

這人還是老樣子，攻勢猛烈。

是說。

「一定會提升銷量……嗎？」

「是的，一定。不是我在打如意算盤，是一定。」

神樂坂小姐如此斷言……她平常就是會不負責任打包票的人……但剛才那句話，聽起來更像基於經驗做出的判斷。

「當然有可能因為動畫品質不好、透過動畫接觸這部作品的讀者不喜歡原作等各種理由，導致數字沒那麼好看。」

「喔。」

這傢伙幹嘛害人不安。紗霧就在旁邊耶，是不會顧慮一下喔。

「《世界妹》已經決定全集都要再版——基本上，跨媒體製作不可能對原作造成損失。絕對會賺錢。從這個角度來看，也可以說動畫化不會失敗。」

她是個美女，但我還是要說。

這人真是長了一張壞人臉。

我不耐煩地說：

「神樂坂小姐……那句話，在動畫開播後陷入絕望的作者面前妳說得出口嗎？」

「他們照理說也有賺到錢喔。」

這句話超刺激人的。

這裡是輕小說編輯部耶？萬一被哪位作者聽見怎麼辦。

「我不知道要回什麼……那個……認為光是賺到錢稱不上成功的人……應該也很多吧。」

我語氣僵硬，紗霧點頭附和。

動畫化不會失敗。

站在輕小說家——和泉征宗這名個人事業主的角度來看，或許是這樣沒錯。

不過身為一位創作者，我實在不這麼認為。

成功的基準，會因為立場、思考模式而有所差異。

在神樂坂小姐心中，賺到錢應該就代表那個企畫成功了。

「嗯嗯。」

聽見我持否定意見，神樂坂小姐帶著假笑說：

「和泉老師如何判斷一個企畫的成功與否？」

「我的判斷標準有三個。」

我立刻果斷地回答。

「第一，情色漫畫老師會不會高興。第二，粉絲會不會高興。第三，我自己能不能接受。」

「哎呀，講得真順口。呵呵……你是按照重要度排序的？」

「是的。」

「妳被深愛著呢——情色漫畫老師？」

「不、不關我的事！」

紗霧別過頭。看得見她紅通通的耳朵。

從踏出家門的那一刻起，我就在慎重觀察紗霧的情況，一秒都沒鬆懈——看來是沒問題。

她跟神樂坂小姐也能正常對話。

對我來說，光是這樣今天的會議就算成功了。

神樂坂小姐露出得意的笑容說：

「你似乎有明確的判斷標準，這是一件好事。」

「託諸位前輩……許多人的福。」

紗霧最重要。這一點始終沒變，但若是不久前的我，肯定無法回答得這麼乾脆。

偉大先驅的面容跟動畫片頭一樣接連閃過腦海，又一個個消失不見。

在同一家出版社出書的前輩，草薙龍輝老師。

天才美少女作家，山田妖精老師。

跟超賣座動畫關聯密切，做出重大貢獻的插畫家，愛爾咪老師。

負責《世界妹》動畫腳本的葵真希奈老師。

以及創作許多動畫化作品的資深漫畫家，阻擋在我們夢想前方的最終勁敵，月見里願舞。

輕小說家和泉征宗的精神，是由他們、她們提供的建議構成的。

順帶一提，我完全不記得我身邊最成功的創作者村征學姊，提供過任何有用的建議。那個人太過天才、太過天然，不懂我們這些凡人。

神樂坂小姐難得——微笑著說：

「您受惠於身邊的人呢，和泉老師。」

「我也這麼覺得。而根據那幾位前輩給予的忠告……在動畫即將開播的這個時機開新坑，通常都會覺得思慮欠周吧？來不及在播放期間發售啦。」

「請你忘掉那些垃圾忠告。」

「怎麼可以這樣講我的恩人！」

「因為那些人寫很慢嘛～」

「……跟我比起來是沒錯。」

「裡面還有一部分不會遵守截稿日的人～」

「與其說一部分，不如說《世界妹》的動畫腳本家正是如此。」

「啊哈哈，的確。」

有什麼好笑的。

要是《世界妹》的動畫大受歡迎，決定製作二期怎麼辦？二期的腳本只能交給那個人負責耶……要再跑一次「讓真希奈小姐拿出幹勁的流程」嗎？我實在不覺得自己做得到……

神樂坂小姐愉快地兩手一拍。

「所以，忘記那些慢筆作家的建議吧！和泉老師一定做得到！」

「說起來簡單……」

「但你會去做吧？」

「會啊。」

我再次立刻回答。

「和、和泉老師！」

情色漫畫老師在旁邊嚇了一跳。

「這麼隨便就答應……沒問題嗎？現在是關鍵時期吧？」

「拜大家所賜，檔期沒有問題。而且我也覺得在賺得了錢的時期出新作是正確的建議。有辦法出書的話，其他作家應該也會出書吧。純粹是因為做不到才沒去做。而我做得到，所以我要去做。僅此而已。」

光是賺得了錢，不代表一部作品的成功。可是對我而言，工作就是用來賺錢的。兩者缺一不可。在能賺錢的時候大賺一筆，再正常不過。

「不愧是和泉老師！太棒了！」

「不必誇我，好噁。」

「是喔。那截稿日訂在後天。」

「咦咦咦咦咦咦！」

情色漫畫老師一直在被嚇到。

「怎麼了嗎，情色漫畫老師？」

「哎呀，那……就稱呼妳為Ｅ漫畫老師嘍？」

「請、請用其他方式叫我！」

「那是什麼跟電視節目一樣的簡稱方式！」

Ｅ漫畫超莫名其妙的。不能換個叫法嗎？

「不是啦！截稿日太趕了！後、後天……是……只交企畫書嗎？」

「當然是原稿。戀愛喜劇的話，希望控制在兩百六十頁左右。」

「……兩天兩百六十頁？咦？咦？妳在說什麼？」

「能在下班時間前收到就太好了。和泉老師做得到吧？」

「沒問題。」

「…………………………………………………………………………………………………」

情色漫畫老師瞪大眼睛盯著我。

什麼樣的表情都好可愛。

「和泉老師……你開會的時候……都是這種感覺嗎？」

「差不多。」

「差不多呀。」

「呃啊……」

為何要傻眼？

紗霧彷彿被妖精附身，激動地站起來。

「真是的～～～～～～～！」

她舉高雙手吶喊，用力指向我。

「聽好嘍～？和泉老師不准單獨來開會！以後絕對要帶我一起來！」

「為、為什麼？」

「因為你缺乏常識！」

她勃然大怒。神樂坂小姐見狀，笑咪咪地說：

「你被罵了耶，和泉老師。」

「神樂坂小姐也是！」

「哎呀。」

「『哎呀』什麼！就算和泉老師寫很快，禁止塞給他一堆工作！也禁止截稿日訂太趕！因為不管再辛苦，他還是會努力把工作統統做完！」

「呵呵，我很清楚。」

「原來妳是故意的！」

紗霧眼睛瞇成＞＜形，為我生氣。

平常開會就是這種情況，老實說，我並不會感到困擾。

……但我真的很高興。

被情色漫畫老師斥責的神樂坂小姐絲毫沒有反省的意思，豎起食指抵住嘴唇。

「嗯……那麼和泉老師，截稿日改成一週後如何？」

「喔，是可以，不過——」

「不行。」

旁邊傳來低沉的聲音提出異議。

「她之後會塞其他工作給你，所以期限要久一點。」

「被妳看穿了，不愧是情色漫畫老師。」

「人家不認識叫那種名字的人。」

情色漫畫老師雙臂環胸，別過頭去。

神樂坂小姐看了，笑出聲來。

「那麼，請你在這一個星期內寫好企畫書。我認為這次真的是合理的截稿日。」

「……不不不，神樂坂小姐……妳真的打算之後塞其他工作給我？截稿日雖然突然放寬了，原本的時間其實是後天要交稿？」

饒了我吧。

我懷著這樣的心情瞪向她，她面不改色地說：

「因為和泉老師非常聽話，又是被逼到絕境更會發光發熱的作家。」

這個編輯講話實在太過分，紗霧開始發出「吼嚕嚕……」的可愛威嚇聲。

神樂坂小姐稍微舉起雙手，擺出投降的姿勢。

「啊哈哈，以後不會了。既然情色漫畫老師要一同參加會議，最好改用其他手段。」

「只要有我在，不准妳安排強人所難的檔期。」

情色漫畫老師哼著氣宣言。

真是可靠的搭檔。

「嗯……難道情色漫畫老師不怎麼信賴我？」

竟然能臉不紅氣不喘地說出這句話，在下深感佩服。

我們兄妹倆都不小心翻白眼了。

神樂坂小姐額頭流下一道冷汗。

「對了。難得兩位都在……來聊聊能讓你們稍微相信我一點的話題吧。」

「妳特地預告，反而害我們戒備起來了。」

事到如今還想提升我們的信賴度，不覺得挺難的嗎？

「別這樣，先聽我說嘛——事情跟情色漫畫老師的母親有關。」

「「咦咦咦！」」

出人意料的話題，令我和紗霧睜大眼睛。

不愧是編輯，真是巧妙的話術。超好奇後續的。

「對喔……聽說妳和媽媽……以前就認識了。」

「是的。再說……年幼的妳能以情色漫畫老師的身分工作，也是因為我知道全部的內情。」

這傢伙一副要人感謝她的態度。

神樂坂小姐，妳不是要提升我們的信賴度嗎？

我催促她說下去。

「順便問一下，妳跟初代情色漫畫老師是什麼關係？」

「我之前也提過吧？家父是編輯。」

「該不會是媽媽的……？」

「是的，家父是她的責編。他說他正好在她被迫搬家時，跟她搭上了線。」

搬家啊。雖然她沒有明言，應該是指「紗霧的雙親離婚的時候」。

「哦……」

情色漫畫老師睜大眼睛，聽得入迷。

「這樣的話，神樂坂小姐的父親……或許也是我的恩人。因為媽媽那個時候……拚命地在找工作。」

拯救家計的恩人啊。

……金錢的恩情格外沉重。

神樂坂小姐的父親，讓初代情色漫畫老師得到新的工作。

這樣一想，真是神奇的緣分。

編輯跟插畫家。

這次換成他們的女兒在一起工作。

我講過好幾次世界很小，不過我們這一行的世界真的很小。

人與人會在意想不到的地方扯上關係。

我的語氣多了一分溫暖，開口說道：

「神樂坂小姐的父親是位好編輯呢。」

「真的。他非常優秀、有名，不僅在小說界，他連在演藝圈和遊戲界都吃得開——用輕小說風來譬喻，好像是個『傳說中的編輯』。」

哦……神樂坂小姐的父親……是傳說中的編輯。

「他是發掘梅園麟太郎老師的第一任編輯，這樣講足夠表達他有多優秀嗎？」

「太足夠了。」

情色漫畫老師頻頻點頭。

梅園麟太郎。時代小說的巨擘，村征學姊的父親。

向全國國民詢問日本首屈一指的小說家是誰，八成會第一個提到他。

發掘這麼一位大作家的傳說中的編輯。

「他的女兒……」

「沒錯，就是我。」

「幫我跟妳父親換一下。」

「啊哈哈，辦不到，他過世了。」

「那麼神樂坂小姐是受到家人的影響，才跑來當編輯嗎？」

我刻意輕描淡寫地問。因為換成是我，也會希望對方不要深入這個話題。

「是的。成為父親那樣的編輯，是我的夢想——」

「哦……」

我都不知道。神樂坂小姐心中原來藏著這樣的想法。

「——面試時我是這樣說的。實際上是搬出父親的名字應該可以加分，我才選擇在這邊就職。」

「可以把我的感動還來嗎？」

「呵呵，跟父親從事同樣的職業後，我發現還滿有趣的。」

大概是提起興致了，神樂坂小姐難得話這麼多，聊起自己的經歷。

「我還在想自己說不定很適合這份工作——結果意氣風發的時期轉眼間就結束了。我慢慢開始覺得父親的名號很煩。就算以編輯的身分拿出成果，也會得到『不愧是那個人的女兒』的評價——動不動就被拿來比較。」

「從妳想進出版業的動機來看，真是自作自受。」

「其實我能擔任暢銷作家千壽村征老師的責編，也是靠著父親的關係。我沒臉說是其他人太低估我。」

神樂坂小姐是因為父親是梅園麟太郎的責編，才有辦法讓村征學姊出道當作家，成為她的編輯。

之前去梅園家的時候，好像有聊到這個。

「所以——」

我們的責編話鋒一轉，指向我們。

「和泉老師是我引以為傲的作家。」

「……神樂坂小姐。」

「即使《世界上最可愛的妹妹》之後大受歡迎，其他人對我的評價八成也不會改變多少。不過，我『對自己的評價』一定會改變。」

「那是……為什麼？」

「因為你是跟父親沒有任何關係的作家。在所有編輯中，是我最先發掘的作家。是我在你落選後主動接觸你，是我幫你挑選插畫家，從出道前開始就跟你一起創作許多作品。然後終於誕生了一部足以動畫化的暢銷作。」

「……是啊。」

和泉征宗出道後，共事最久的就是情色漫畫老師——跟神樂坂小姐。

儘管發生了許多事……於好於壞，我對她都特別有感情。

感謝與詛咒，已經累積到抬頭看過去脖子都會痛的高度。

神樂坂小姐維持著那一如往常的悠然態度，朝這邊低下頭。

「今後也請多多關照。要讓《世界上最可愛的妹妹》成功自不用說——」

她抬起臉，露出邪惡的笑容。

「下一部作品也要讓它熱賣——靠和泉征宗老師、情色漫畫老師，和我的力量。」

至於我們是怎麼回答的。

不用多說了吧。

本人和泉征宗，決定配合作品《世界上最可愛的妹妹》動畫開播的時期撰寫新作。

一開完會回到家中，我們就在紗霧的房間召開作戰會議。

攤開折疊桌，鋪好坐墊，相對而坐。

我翻開筆記本，對紗霧微笑。

「商業作品的新作，從得知情色漫畫老師的真實身分後就沒再寫過了呢。」

「嗯，好懷念。」

「真的。」

一起工作的搭檔，竟然是家裡蹲的妹妹。

妖精搬來隔壁，說要跟我分出高下……讓紗霧本人看了跟情書沒兩樣的原稿……

光是回想起當時的情況，就令人心跳加速。

新作《世界上最可愛的妹妹》誕生的事情經過，在我心中大概是一生難以忘懷的回憶。

「會懷念代表過了一段時間。」

呼……我吁出一口氣。

「好久沒寫新作了。那麼，要寫什麼呢？」

以前的我是怎麼做這份工作的？

現在的我該做些什麼，才能創造比以前的我更有趣的作品？

心跳逐漸加快。

「哥哥看起來好開心。」

「對啊。」

超開心的。

畢竟因為《世界妹》評價很好的關係，我一～～～～～～～～～～～～～～～～直在寫同一個故事的後續。

那當然也是非～～～～～～～～～常愉快的工作。

忙碌得從來沒有這麼幸福的時候。

可是，開始一個新故事很開心。

我知道現在是動畫開播前的關鍵時期。假如同行看到，搞不好會建議我不要把心力及時間用在其他事情上。

假如《世界妹》的讀者看到我在寫新作，搞不好會罵我「現在不是開新坑的時候吧！」。

不過啊。

「哈哈哈。」

我壓抑不住湧上心頭的笑意。

這一定是非常原始（Primitive）的衝動。

「情色漫畫老師，接下來要創作什麼樣的故事呢！」

讓我告訴你們，每位輕小說家都知道的真理。

創作故事，是史上最有趣的娛樂活動。

「人家不認識叫那種名字的人——我講過好幾次了。真拿和泉老師沒辦法。」

紗霧彷彿在指導比自己小的少年，溫柔地勸告我。

「說起來，這個話題在神樂坂小姐在場的時候討論比較好吧？她可是你的責編。」

「我從來沒有這樣做過。」

其他同行我不知道。

和泉征宗寫新作的時候，跟編輯一起想題材——

接受編輯的建議——

或是編輯問他「要不要寫這種流行的主題？」——

「……我不記得有過這種事。」

就算把我們長達十二集的故事重看一遍，也找不到類似的敘述……大概。

「咦咦……你一直都是突然提出企畫書，跟她說『我要寫這樣的故事』嗎？」

「有時候也會突然提出寫好的原稿。」

不如說後者的情況更多。

紗霧困惑不已，接著像想到什麼似的開口說道：

「……經你這麼一說，《世界妹》也……」

「哈哈，突然提出寫好的原稿……其實，我還有一次說要拿企畫書給她看，結果寫了三集的分量一口氣交給她。」

「神樂坂小姐一定很驚訝。」

「……會嗎？」

這種事我幹過好幾次，我認為她已經習慣了。

「嗯，絕對很驚訝。我第一次看到和泉征宗的網路小說時，也因為你寫太快的關係覺得超噁。」

「以前的妳會不會太過分了？」

「哪有。知道那不是囤稿時，我嚇得臉色發白……一口氣拿那麼多集給她看，萬一被退稿怎麼辦？」

「當然有過——不如說大部分的情況下都會被退稿。」

「……我想也是。」

神樂坂小姐會罵我「懶得看啦！」或「給我拿十秒看得完的東西過來！」。

紗霧似乎被我的笑意傳染了，輕笑出聲。

「雖然事到如今才講這個很奇怪……和泉老師就是這樣的人呢。」

「我就是這樣的人。幸好妳想起來了。」

前作《轉生銀狼》完結到《世界妹》誕生的這段期間，我不停將新作的點子拿給編輯看，跟她開會討論——每次都被退稿。

我的做法真是笨拙又沒效率。

因為當時的和泉征宗只擁有「一沒工作就會立刻死亡」的實際成果，又有必須盡快自立的原因——滿腦子只想著向前衝。

如今回想起來，真是痛苦又愉快的時期。

週休0日，月收0圓，加班時間∞（無限大）！

愉快的職業生活。

那段令人懷念的日子，許多輕小說家八成都經歷過。

靠獨白拚命詛咒，大笑著想到靈感的時光。

「一緬懷過去，就想起激發靈感的訣竅。」

「啊，哥哥露出了想到無聊主意時的表情。」

這傢伙一直在說很傷人的話耶。

對我的稱呼好像有區分用途——是什麼樣的規則呢？

我不會去問。遲早會被我看穿。

「別這樣，聽我說嘛，搭檔。」

「呵呵……那我就聽你說吧，搭檔。」

情色漫畫老師用偏男性的口吻回應。

「和泉征宗激發靈感的訣竅是什麼？」

「在泡澡的時候構思——就是這個。」

我一秒回答，紗霧一臉錯愕。

「有用嗎？」

「超有用的。我都想跟同行傳教了。」

是真的。泡澡是能同時創作及恢復的機智行為。

「是喔……可是，這樣我們就不能一起構思了。」

「喔，那就一起洗澡一起構思吧。」

「…………………………………………………………………………………………………」

「開玩笑的！」

不要默默臉紅！我會有強烈的罪惡感！

「………………………………笨蛋。」

紗霧紅著臉，由下往上看著我，喃喃說道。

「…………………對不起。」

害我招架不住。

我花了數十秒才講出事先準備好的重新開機用台詞。

「呃，那個……還有一個——激發靈感的訣竅。」

「……」

這位小姐鼓起臉頰，氣呼呼的。

「……妳願意聽我說嗎？」

「不是色色的？」

「不是。說實話，其中也包含激發靈感以外的目的……但這個行為並不色。」

「…………那我願意聽。」

由於得到了允許，我語氣嚴肅地說：

「這是妳敢踏出家門後，才能用的方法……」

「《世界妹》的新刊不是要出了嗎？我們去秋葉原的書店看看吧。」

在自己的著作的發售日去書店。

親眼見證新刊擺在書店賣的模樣。

這是能讓輕小說家的工作幹勁提升到ＭＡＸ的簡單方法。

一月十日。

我和紗霧牽著手來到秋葉原站。

也就是「第一次外出約會」！

我當然跟紗霧一起出門過不只一次，然而目的地不是高砂書店，就是跟大家一起去新年參拜，根本稱不上約會。

儘管昨天去了出版社所在的神樂坂站附近，但紗霧看起來很累，因此我開不了口提議「回去時順便繞去其他地方逛逛吧」。

過了一晚，今天的狀況會是如何——

「紗霧，妳會不會累？」

「超有精神！」

她興奮得隨時會小跳步起來。

「那就好。會累要馬上跟我說喔。」

「我知道——哥哥。」

「嗯？」

「我一直很想像這樣跟你一起出來。」

「我也是。」

「……嘿嘿……感覺真好。」

「嗯，對啊。」

嘴角不受控制地揚起。在旁人眼中，我們想必是對笨蛋情侶。

為了激發靈感——嘴上這麼說，其實我們根本是要去玩的。

「我非常期待，可是不能只顧著玩喔。」

「嗯，今天的約會，我會好好應用在工作上。」

「…………果然是約會。」

紗霧發出「嘚呼呼」的竊笑聲。

可愛過頭，害我頭暈目眩。

這種感覺應該會對寫戀愛喜劇很有幫助，單論這一點，今天的價值就無可計算。但我們本來的目的並不是這個。

「好了。」

我穿過閘門，環視四周。站在秋葉原站的電器街出口欣賞街景。

《世界上最可愛的妹妹》第一集的發售日那天，我也來過這裡。

當時是獨自抱著平板走在路上。

——真懷念。

曾經的電器街。御宅族的街道。

短短幾年，但這段時間確實足以令人感到懷念。

開新坑、被視為暢銷作品、動畫即將開播——過了這麼久的時間。

這條街道也變了許多。當時存在的建築物消失不見，當時不存在的建築物多出好幾棟。該說電器街的色彩有點褪色了嗎？

即使如此，這裡依然是關東屈指可數的御宅族街。

埋在柱子裡的近未來風螢幕。

形似魔鏡的螢幕，忽然映出輕小說的廣告。

——《世界上最可愛的妹妹》決定動畫化。

情色漫畫老師畫的妹妹（女主角），正在對我展露笑容。

「…………」

「…………」

我們不禁看呆了。

「哎呀……好沉重喔。」

「我懂。我很高興……非常非常高興，可是…………啊哇哇……壓力山大……」

有種如負重荷的感覺。

《爆炎的暗黑妖精》動畫化，掀起一陣風潮的時候。

我超羨慕山田妖精大師的。

過於羨慕，過於嫉妒。

每次看到廣告都會吐出超難聽的詛咒，例如「那傢伙可不可以在推特上亂講話搞到自己炎上啊！」或是「祝那部作品作畫崩壞！」。

「……唔唔……」

等到自己變成當事人，怎麼說呢……精神壓力真的好大。

想必會有同行跟當時的和泉征宗一樣，對我們感到嫉妒。

至於我對這件事有何感想。

關我屁事！誰還有空去管這些！此乃本人真實的心情。

「我因為跟剛才不一樣的原因開始頭暈了……唔喔喔喔喔…………眼前出現鋸齒狀的彩虹色幻覺覺覺覺覺……」

「絕對要去看病喔。」

不是在開玩笑，有相同症狀的人最好看個醫生。資料來源是我。

「託妳的福，我冷靜下來了。邊走邊繼續討論吧。」

「……嗯……你真的沒事嗎？」

我們從秋葉原站電器街出口走向ＵＤＸ。搭乘電扶梯上到天橋，沿著跟之前同樣的路線，這次兩個人一起走過。巨大的「秋葉原ＵＤＸ VISION」上，播放著這一季要開播的動畫的ＰＶ，我們的ＭＰ逐漸減少。

《世界上最可愛的妹妹》。

以及要在同一個時期開播的競爭對手《陽光吸血鬼》。

兩者對我們來說，都是特別的作品。

「………………………」

我不禁看得出神。

我們停下腳步，盯著大螢幕看了一段時間。

「哥哥，走吧。」

「……是啊。」

目的地是幫我們設置《世界妹》特區的大書店。

「先複習一遍吧。我們今天來到秋葉原的目的是——」

「好像有在賣《世界妹》有那麼一點色的角色扮演片，所以我們要去看！」

「並不是。」

不要精力十足地講出這種台詞。

就是因為情色漫畫老師這副德行，才會在國外停止販售吧？

明明內容如此健全……

「今天的秋葉原之旅，是為了尋找新作的靈感——對吧？」

「我、我知道！」

「真的嗎？」

「真的啦……不過，為什麼去秋葉原的書店可以找到靈感……我有點不明白。」

是我說明得不夠仔細。

「看到平放陳列的新刊，會超有幹勁的對不對？」

「嗯！這我很能理解！」

沒錯。那就是第一個目的。

「當然不只這樣。有部分也是因為我想在開新坑的時候，親眼看到『有很多客人的輕小說販賣區』。高砂書店做得到嗎？」

「我可不可以跟智惠姊告狀？」

「大人饒命。」

那傢伙生氣起來很可怕耶。

「所以……哥哥。為什麼你想看輕小說販賣區？」

「我想確認潮流。現在受歡迎的是哪種作品。受歡迎的是哪種類型。受歡迎的是哪種男主角、哪種女主角。實際買下那些書的是什麼樣的人——」

只是要資料的話，只是要數字的話，編輯部那邊要多少有多少，但是——

「我想親眼見證，親身體會。」

實際情況真的符合編輯部告訴我的情報嗎？

可以朝我現在構思的這個方向前進嗎？

為了「腳踏實地」而來到秋葉原。這就是第二個理由。

「這樣呀。」

紗霧牽著我的手，「呵呵」笑了。

「哥哥好像輕小說家。」

「我是輕小說家沒錯。」

「說得也是。不過，你講得很有工作的感覺。」

「…………」

我感到害臊，無言以對，清了下嗓子重整態勢，開啟話題。

「現在要思考的，是『新作要寫什麼樣的作品』。」

「好籠統。」

「凡事剛起頭的時候都是這樣。」

即使不是輕小說家，任何職業負責的任何企畫，剛開始都找不到方向吧。而我的工作、我發揮長處的地方，就是讓它逐漸成形。

這個過程非常愉快。

「說實話，我腦中已經有一個大概的雛型。」

「咦，是嗎？」

「嗯。」

其實神樂坂小姐提到「新作」的時候，我就有靈感了。

不值得佩服。

如果向將我們的故事看到這裡的同行、編輯，或者有社會經驗的讀者提問「和泉征宗的下一部作品該寫什麼？」。

我想百分之百猜得中。就是這麼明顯。

別賣關子了。我說出答案。

「和泉征宗的新作，只有『妹系戀愛喜劇』這個選擇。」

「……可以問為什麼嗎？」

紗霧一臉隱約察覺到理由的樣子。

「因為那是我最想寫的題材、編輯部最想叫我寫的題材、讀者最想看的題材。」

供給及需求完全一致。

我之前雖然才在抱怨責編半點意見都沒有……仔細一想，立場交換的話，我也不會給和泉征宗任何建議。

別無他選。

就跟咖哩店的新產品最好賣咖哩一樣。

咖哩店的客人會想吃什麼？答案顯而易見。

極其愚蠢的問題……蠢到根本用不著思考。

第二章

《世界妹》讓和泉征宗被視為「寫妹系戀愛喜劇的輕小說家」——被貼上了這個標籤。

如同在店門口掛上招牌。

變成咖哩店的店家，很難推出拉麵作為新商品。

咖哩店只能煮咖哩。能選擇的只有要煮什麼樣的咖哩。

「……哥哥？」

「沒事……」

我偶爾會想。

倘若對於和泉征宗而言，妹系戀愛喜劇是「不想寫的東西」，他想必會煩惱不已。

然後——他會怎麼做呢？

我實在不覺得自己會在討厭那個題材的情況下寫作。

會去摸索換招牌的方式嗎？

還是開始努力「喜歡上該寫的東西」？

「不好說……」

被逼到走投無路的和泉征宗，搞不好會將油門踩到底。

搞不好會對於該寫的題材一笑置之，只寫想寫的題材。

然後靠實力讓其他人無話可說，或者力有未逮慘遭退稿。

「……你在自言自語。」

帶有怨氣的聲音，將我的意識拉回現實。

「抱歉。」

我向紗霧道歉，接著將剛才所想的沒有意義的假設講給她聽。她一副理所當然的態度，說：

「假如和泉老師遇到跟現在不同的狀況——」

紗霧臉上漾起柔和的微笑。

「肯定會寫出跟現在不同的有趣故事。」

「……謝啦。」

無論如何，代表我很幸福。

因為該寫的題材根想寫的題材一致。

就算不是這樣。

也有和泉紗霧陪在我身邊。

我們抵達要去的書店。

「唔……」

「唔啊啊……」

店裡正在播放《世界妹》的ＰＶ，導致我們同時受到精神傷害，鑽進店門。

大量的輕小說堆在平台上。

「……………………………」

我和紗霧慢慢跟我們的新刊拉開距離，移動到二樓的漫畫區。

「……輕小說的新刊最後再看吧。」

「嗯……直視太過危險。」

跟處女作的發售日有種不同的感覺，胸口隱隱作痛。

——就是……有聲音耶？會說話耶？威力超強的。

——聽見聲優用可愛的聲音唸出作品名稱，我不禁心想……

拜託！順利開播順利完結吧～～～～～～～～～～！

希望相關人士不要引爆炎上事件！

希望日本不要發生傳染病或經濟危機或世界末日之類的大災難！

至少要等ＢＤ賣到最後一片，動畫播完再說！現在開始，每個月都會發售原作小說、漫畫版和遊戲，拜託等到這波攻勢結束！

下下次報稅前都不要出問題！

偉大的耶穌偉大的釋迦牟尼佛偉大的山田妖精啊！萬事拜託了！阿門！南無阿彌陀佛！

我在腦內化為不斷向神佛祈禱的機器。

爬上樓梯，抵達漫畫專櫃。

「所以，我要寫妹系戀愛喜劇。」

「……好突然地回到剛才的話題。」

「剛才的話題還沒講完啊。」

「真是的……和泉老師思考跟小說有關的事時，總是很我行我素。為什麼會在這個時機回去講這個——啊，原來如此。」

紗霧環視漫畫專櫃，想到了理由。

放在最顯眼的地方陳列的，是最近流行的人氣漫畫。

愛爾咪老師畫的漫畫版《世界妹》，在封面陳列的書架上閃閃發光。

「唔唔……眼睛快瞎了。」

我用右手擋住雙眼，擺出防禦的姿勢，紗霧低聲說出感想。

「總覺得全是書名有『妹妹』的作品。」

「因為是流行題材嘛。」

年號都換了，遊戲、輕小說、動畫的風潮還是一路妹到底。

「妹妹」風潮持續席捲御宅族的內心。

對於和泉征宗來說這樣正好，不過這個世界到底發生了什麼問題……

各位創作者未免讓世上充滿太多妹妹了吧。

雖然我沒資格說這句話，我的心情是三成共感，三成感慨，三成疑惑。

剩下一成是覺得有點恐怖。

「先不說妹系故事了……根據最近的資料顯示，有一段時期沒有呼吸的戀愛喜劇，好像變得挺受歡迎的。」

紗霧瞄著手機說道。應該是編輯部傳給她的流行趨勢。

「正確地說，是出現了好幾部『戀愛喜劇是主線的人氣作品』。」

《世界妹》就是其中之一。

它屬於狹義的戀愛喜劇，純戀愛喜劇。

「為什麼要用那麼繞圈子的說法？」

「拿料理來譬喻的話，戀愛喜劇要素就像『鹽巴』，沒有盛衰可言。」

就算流行起口味清淡的料理，就算鹽巴對健康的壞處被人拿來議論，它仍舊是最重要的調味料。因為口味清淡的料理也要用到鹽。

時鐘的指針回到原點——現在受歡迎的是重鹹的料理。

既然如此，我們這些輕小說家和漫畫家，就要使勁加鹽。

肯定只是這樣而已。

聽完我的論點，紗霧冷冷拋出一句話。

「和泉老師好像御宅族。」

勇者征宗受到50點的傷害。

我扯出笑容轉移話題。

「妳覺得我們的新作要寫什麼？」

「…………如果我提出意見，你就會寫那個題材吧？不惜無視許多重要因素。」

「才不會…………」

「會吧？」

「……嗯……我無法否認。」

因為我會以妹妹的要求為優先。

「呃，可是我在工作方面會無視情色漫畫老師的要求啊。」

我還退過她稿，即使是最喜歡的女生的願望，我也不會無條件為她實現。更遑論攸關生計的工作。

紗霧聽了搖搖頭。

「最近不一定。」

「…………………」

…………因為我們開始交往了。

愛令人盲目。或許要感謝她自己指出這個問題，試圖改善它。

「對不起。知道了。我會改。」

我意識到自己的過失，便乖乖道歉。

「工作方面，我會小心不要太重視妳的意見。」

「嗯，就是要這樣。」

「我在這個前提下問妳——寫什麼樣的作品比較好？」

「這還用說。要寫出比那孩子更可愛的妹妹。」

情色漫畫老師指向封面陳列的漫畫，其封面的少女。

書名是《世界最可愛的妹妹》。

和泉征宗以最喜歡的紗霧為模特兒寫出的，至高無上的傑作。

「雖然我還不知道要怎麼做。」

她對目瞪口呆的我表示「超越至高無上的傑作。那就是我的要求」。

像好兄弟似的拍了下我的背。

「一起加油吧，和泉老師。」

「嗯。」

我笑著回應這過於強硬的建議。

和泉征宗和情色漫畫老師的新作。

主旨是——

贏過至高無上的傑作。

創造比前作更可愛的最強妹妹（女主角）。

「收到，情色漫畫老師。」

對我而言，《世界妹》是代表作家人生的作品。

現在則成了應該超越的勁敵。

紗霧抬頭看著熱血沸騰的我問：

「哥哥覺得下一部作品要寫什麼樣的故事比較好？」

「這個嘛……」

答案脫口而出。

「我想寫主角和妹妹（女主角）一起努力得到幸福的故事。」

在現實中說出來，應該會是非常做作、令人害臊的台詞。

我能大膽地說出口，說不定是職業性質所致。

會害羞的話什麼都寫不出來，也不會想把自己創造的完美故事和究極女主角拿去當商品，給上萬人閱讀。

臉皮厚的人才適合當輕小說家。

「當了那麼多年輕小說家……我常常在想，雖然我們的工作是寫出有趣的書——說起來，『有趣的定義是什麼』？」

何謂「有趣」？

何謂「有趣的輕小說」？

若有辦法給出完美的回答，連征服世界都辦得到吧——我不是在借用某人的台詞。

「世上有許多『有趣的事物』，別人的『有趣』跟自己的『有趣』有時會有差異——愈是思考，就愈是混亂。」

不是沒有既存的定義。

「有趣」是指人類的情緒受到劇烈影響時感覺到的東西。

能強烈觸動讀者心弦的，才是優秀的作品。

——去看教人寫作的書，大概能找到好幾句類似的說明。

我覺得有道理，也不想否定給「有趣」一詞下定義的行為。

但我從未看過百分之百讓我滿意的作品。在自己心中也找不到答案。

我就自首吧。

輕小說家和泉征宗，工作明明是寫出有趣的書，卻在不知道何謂「有趣」的情況下持續創作。

「所以，我要思考、撰寫我自己心中的『有趣』，傳達給讀者。」

如果能跟這樣的女主角打打鬧鬧——我一定會覺得很有趣。

如果能在這樣的世界中旅行——我一定會覺得很有趣。

如果能用這種能力開無雙——我一定會覺得很有趣。

我知道許多的「有趣」。

喜歡想像各種「有趣」。

情色漫畫老師

將無數的「有趣」組合在一起，是無上的喜悅。

我想將我腦中的「有趣」展現給大家看，拿它來炫耀，讓其他人對我感同身受。

若能供我生活，增加存摺上的數字，那再好不過。

「僅此而已。」

我吐出一口參雜自嘲與矜持的氣。

紗霧臉上浮現燦爛的笑容，對我這麼說：

「那樣就好……那樣很好。」

我牽著她的手，走下樓梯。

「現在的每一天……對我來說都是人生最『有趣』的時刻。」

「所以你想拿來當材料？」

「對。」

我明明講得不清不楚，搭檔卻理解了我想表達的意思。

值得信賴，令人高興。

「該怎麼說……我不太會形容。」

「嗯。」

「跟妳一起……努力抓住幸福——為了實現夢想而奔走——這個過程太愉快了。」

「啊哈哈。」

紗霧笑著走下樓梯。

「我也是。」

「對吧！」

我不禁感到困惑。

朝夢想邁進的路途，竟然如此有趣。

為了抓住幸福，拚命努力的日子本身，竟然如此幸福。

夢想與手段反過來了。不如說混在一起了。

真是奇怪。

本末倒置的此時此刻，在我們的人生當中，是最耀眼的時光。

「讓新作的主角也跟我們一樣吧。這樣——」

「「一定很有趣！」」

我們異口同聲，於同時抵達一樓。

大量的輕小說擺在那裡販賣。

有的讀者拿起新刊，激動地跟朋友聊天。

有的讀者嚴格挑選要買的書，大概是零用錢所剩無幾。

跟《世界妹》在同一時期開播的動畫的ＰＶ，讓店內變得熱鬧不已，激烈主張自己才是「有趣的作品」。

各式各樣的故事在爭妍鬥豔。

某人腦中的「有趣」，被其他人買走。

御宅族看得滿意就會揚起嘴角，將那個故事記在心上，花錢購買，共享「有趣」。

「有趣」就是像這樣傳染開來的。

我認為很棒。

我要掀起讓所有人得到幸福的傳染病。

無論多少次。

只要我還是作家。

下一部作品。

主角的職業暫定是——

朝新的夢想與目標狂奔的同時。

——紗霧……我現在有個夢想。

——哥哥的，夢想？

——是啊，沒錯。是我一個非常遠大的夢想。

光陰似箭，那一天許下的誓言逐漸接近。

——然後把妳帶出房間，兩個人一起看動畫！

——那將會是由我擔任原作，由妳繪製插畫，屬於我們兩人的動畫！

——這樣子，我想一定會非常快樂！

「哥哥……對我說過這些話。」

「嗯，說過。」

我們正按照當初的約定，並肩坐在家裡客廳的沙發上。

跟之前預告的一樣，換了巨大的螢幕，設置貴到不行的音響設備。

因為，夢想實現的那一刻即將來臨。

動畫《世界上最可愛的妹妹》。

離開播還有三分鐘——

「哥哥說過的話，我統統記得。說要讓我們的作品被許多人看見，讓他們覺得有趣，喜歡上主角跟女主角。」

「讓我們一起創作的輕小說動畫化，獲得爆炸性的人氣，賺到能夠獨立生活的錢。」

「你發誓要把我帶出房間。」

「嗯，動畫化只不過是事前準備！」

讓紗霧幸福，才是夢想本身。

「我早就敢踏出房間了。」

「哈哈，跟計畫不太一樣。」

因為紗霧非常努力。

導致夢想本身先實現了，事前準備姍姍來遲。

真是符合我作風的鬆散收尾。

「不過，這樣就好。」

因為，比起暢談夢想的那一天，我們一起夢想的景色——

「今天更開心。」

「對啊！」

超越夢想的現實，如今存在於此。

「你總是這樣，和泉老師。總是帶給我夢想。」

「彼此彼此。下一個夢想是妳帶給我的。」

——把那當成我們兩個的夢想吧。

即使夢想實現，愉快的祭典也不會結束。

好了，離動畫開播還有一分鐘。

我拿起遙控器，按下電源鍵。

情色漫畫老師
ero manga sensei
第三章

動畫《世界上最可愛的妹妹》第一話，伴隨輕快的歌曲結束。

畫面一切換成廣告，我和紗霧就在同一時間坐在沙發上往後倒。

「結、束了～～～～～～～～～～～～～～～」

「結束……了呢～～～～～～～～～～～～～～～」

全身無力。兩個人都額頭冒汗。氣喘吁吁，心臟狂跳。

只有牽在一起的手掌傳來的溫暖令人心安。

喉嚨乾燥，猛烈地想要喝水。特地準備的蛋糕也一點都不想吃。我用沙啞的聲音詢問近在身旁的搭檔：

「我說……妳覺得怎麼樣？」

「不知道……很有趣，應該！」

「對吧！超高興超興奮的——可是不知道有不有趣耶！」

我半是自暴自棄地大叫。

萬一被和泉征宗的粉絲知道，他們說不定會幻滅。

很有趣，應該！

這是作者看完動畫第一話當下的真實感想。

畫面、聲音都在製作期間檢查到爛了……是工作人員討論過好幾次「怎麼改會更好」，最後做出的第一話。

「我有自信……不過！」

為了監修，製作途中的影片我們看了超多超多超多超多次——足足超過五十次。

導致作者和插畫家沒辦法以一般人的角度欣賞。

甚至有點膩。

對於第一話。

因為！不久前——真的是不久前！

我們才反覆播放幾乎已經完成的影片，討論配樂的種類和播放時機！台詞也記得一清二楚！

《世界上最可愛的妹妹》這部動畫，我們是世界上最了解的。精彩場景、不為人知的設定，甚至連原作的後續都瞭若指掌。

沒辦法懷著跟第一次看的觀眾一樣的心態。

若這代表我這位創作者還不夠成熟，我甘願接受。

「呃啊……是那種感覺……總覺得，總覺得……跟平常一樣！」

在發售日當天看自己的新刊的感覺。

面對重寫過無數次、重看過無數次、跟編輯討論過無數次，經過反覆雕琢的自信作品——

「唔喔喔喔！自己看也看不出個所以然來！一定很有趣，應該！」

這樣的感覺。

痛苦不堪心煩意亂的感覺。

「嗚嘎嘎……雨宮導演和真希奈小姐，現在說不定也處於這個狀態。」

「哥哥，那個，《世界妹》第一話，觀眾的感想是——」

「不要告訴我自搜的結果——！」

我抱頭扭動身體。

「麻煩講點能轉移我注意力的話題！」

紗霧有點驚恐地回應我的要求。

「那我換個話題……同一時間開播的其他動畫，作者的推特是這種感覺。」

「咦？我看看。」

哇啊啊啊啊啊啊啊～～～！看到這麼讚的第一話，身為作者我超感動的～～！

每位角色都可愛又帥氣～～～！

每一個畫面真的都畫得好細～～～！

我驚訝得在電視前面尖叫個不停！嚇死我了～～～～～～～～！

——啊，現在讓我來針對第一話做個解說♪

「哈哈，騙誰啊。這傢伙絕對是一臉嚴肅地在發推。」

「你怎麼斷定的！」

「這個作者發了一堆跟動畫有關的推，如果是真的，看到第一話怎麼可能會驚訝。」

簡單地說，他的立場跟我接近。

「在這個時機，不可能會有正面意義上的驚喜。」

負面意義上的驚喜或許會有。

——作者啊，抱歉嚇到你了。片頭動畫來不及做。

像這樣。

——之前說要修正的那部分，果然辦不到。就這樣直接上吧！

之類的。還能舉出更危險的例子，不過請容我省略。

「假如這位作者真的很驚訝，照理說會做出類似『竟然這樣安排嗎——』的反應。」

「討厭～和泉老師的心靈是不是在這一年變骯髒了？……人家搞不好真的很感動、驚訝呀！」

「他大概只是把發這則推文當成工作。內容已經先傳給相關人士檢查過了。」

因為最近作者也有炎上的危險。

紗霧悶悶不樂地鼓起臉頰。

「和泉老師害我對作者的動畫感想推產生奇怪的偏見……」

「我覺得他有在認真工作，超偉大的。」

像我就沒辦法懷著現在這種心情更新社群網站，解說劇情作為粉絲服務。

我尊敬動畫剛播完就在寫分析文或感想的所有作者。

了不起，真的，發自內心。

但你們的表情很嚴肅對吧？

「呵呵呵。」

「紗霧，妳在笑什麼？」

她不是在生氣嗎？

「因為，你看……」

她用纖細的手指撫摸我的眼角。

「你在哭。」

為我拭去淚水。

「咦……？真的嗎？」

「嗯。雖然你講了很多扭曲的意見……你確實有被感動到。」

「是……嗎？」

我都沒發現。

我——在感動。

「哈哈。」

沒有像剛剛那則推文一樣，想要大喊的激動情緒。

一點一滴滲進靈魂的成就感。

是它讓我哭泣。

「啊啊……怎麼回事？」

「跟想像中不一樣？」

「嗯……截然不同。」

在我夢想中的畫面，我的情緒會更加激昂，大吵大鬧。

宛如吹散一切的暴風──那樣的祭典。

現實又是如何？

沒辦法站在一般人的角度看好不容易開播的動畫。

擺出業界人士的架子，講一堆扭曲的論點。

甚至覺得「原來動畫化不過如此」…………

現在，我心中卻湧起一股情緒。

「……紗霧。我……好高興。」

「嗯。」

帶著哭腔的感想，一字一句脫口而出。

「動畫順利開播……太好了。品質能讓人接受……太好了。」

「嗯。」

「大家看得開心嗎？有好好……享受嗎？」

「嗯，一定……不，是絕對有。」

啊啊——

那我的努力就值得了。大家拚了命地努力就值得了。

從這個企畫開始後發生的一切，如同跑馬燈般閃過腦海。

「動畫化……太好了。」

我被妹妹擁入懷中，嗚咽不止。

動畫第一話播完後，過了一段時間，電鈴響起。時間已過凌晨十二點，換日了。

「叮咚」的機械音響起的瞬間。

「咿嗚！」

紗霧嚇得肩膀一顫，左右張望，鬼鬼祟祟的樣子。

「喂喂喂，妳也太驚嚇了吧……」

「因、因為！」

沒什麼好隱瞞的，電鈴聲是紗霧的大弱點。

對繭居族而言似乎挺普遍的？

順帶一提，她的另一個大弱點是電話鈴聲。

紗霧好像極度厭惡這類型的聲音。

「這種時間會是誰啊……？」

我摸著惴惴不安的紗霧的背，按下接聽鍵，對講機的螢幕顯示出熟人的臉孔。

「是本小姐！」

「還有我！」

「妖精！」「小村征！」

我和紗霧急忙趕到玄關開門。

偉大的兩位前輩並肩站在門口。我詢問兩人：

「妳們怎麼會跑過來……？都這麼晚了。」

「呵，問這什麼傻問題。」

「當然是因為想要第一個祝賀你們呀。」

我們從村征學姊和妖精口中，得到暖心的話語。

「是嗎……」

「謝謝妳們，小妖精、小村征。」

她們同時回答「不客氣」。

她們似乎在妖精家一起看了《世界上最可愛的妹妹》第一話，然後再跑來我家。

之所以等到這個時機才出現，一定是因為知道「我們的夢想」。

「小村征，妳住在小妖精家嗎？」

「春假期間我預計一直住在妖精家，直到開學。」

「這樣啊……妳爸不會擔心嗎？」

「別提那傢伙！我們正在吵架！」

村征學姊緊握拳頭，額頭爆出青筋。

看來她家——梅園家爆發了父女爭執。

我正想詢問詳情——

「那不重要！」

妖精淘氣地揚起嘴角。

「你們兩個！等等要舉辦慶祝派對喔！」

「咦咦？現、現在嗎？」

「怎麼可能！要等到天亮啦。本小姐找了其他輕小說家，大家都說要來！」

「村征學弟、紗霧——做好被盛大慶祝的覺悟吧。」

胸口流過一股暖流。

夢想成真，受到眾人的祝賀……微薄的成就感慢慢變得真實。

「嗯，我會洗乾淨脖子等著的。」

「那就好。」

如果用來道謝的言詞能有更多種就好了。

這樣下去，我可能會一直重複同一句話。

就在這時。

妖精的右手一把掐住正在跟村征學姊分享心情的我的臉。

「喂、喂，妖精……妳幹嘛？」

「呵呵呵。這麼晚了，要聊之後再聊。不過——」

她接著用左手抓住紗霧的臉，拽到自己面前。

「咦，小妖精？」

「——這句話先跟你們說。」

在極近的距離，帶著燦爛的笑容。

「你們的動畫超——有趣的！」

說出我們最想聽見的話。

可以確定沒有半分虛假的高貴讚賞，射穿我們的心。

「…………………………」

衝擊的餘韻害我們僵在原地，只能呆呆看著她的眼睛。

妖精問我們：

「夢想實現的感想是？」

酒醉般的痲痺解除，我和紗霧面面相覷。

笑著回答。

「「太棒了！」」

「這樣呀，太好了。」

託妳的福。

簡短單調的對話，肯定比任何帥氣台詞都還要有重量。

隔天，春假尾聲的正午。

「世界上最可愛的妹妹動畫開播慶祝派對」，於和泉家的客廳召開。

大家一起圍在桌前聊天。

派對的主辦人是妖精和村征學姊。參加者除了上面兩位外，還有受到祝賀的我和紗霧。應該還要加上負責繪製漫畫版的愛爾咪老師。

我那位輕小說家的朋友，綽號席德的獅童國光也有來參加。

前輩作家草薙龍輝學長之後才會到。

總共有七個人。

人挺多的。

如果這是輕小說的其中一段劇情，作者八成會很頭痛。因為要讓這麼多人展開對話太難了。光是要寫得讓人看得出發話者是誰，就得費一番工夫，光是要讓每個人各說一句話就夠麻煩的了。珍貴的頁數會迅速消耗掉。書的定價也會被拉高。

插畫家大人和漫畫家老師的工作量，或許也會因為要畫一堆角色的關係而增加。動畫化時作畫的負擔也會很大吧。

各位同行，別寫開派對的劇情喔。

「哥哥，你在自言自語什麼？」

「沒有啦，我動不動就會忍不住想像『如果這是輕小說的場景會怎麼樣』、『如果由我寫這段劇情會怎麼樣』，算是一種職業病吧。」

「呼呼呼。今天的女性成員比例高，做成動畫的話你的作畫優先度感覺會很低。」

「別講這麼討厭的話！」

作畫優先度感覺會很低……真是嶄新過頭的中傷方式。

對我講這種話是沒關係……死都不能對輕小說角色這樣說喔！

愛爾咪隨口問道：

「艾蜜莉會怎麼做？」

「嗯……『一個場景最適當的登場人物數量』嗎……？應該會隨著作品類型跟狀況改變……可是七個人有點多。如果本小姐是作者，會設法刪掉兩～三個人。」

山田妖精大師對自己筆下的角色毫不留情。

「各位在聊很有趣的話題呢。」

席德單手拿著無酒精飲料加入對話。

獅童國光。看起來是個溫文儒雅的青年，對我而言是年長的後輩作家。是個對年紀比他小的我也願意拿出敬意的大好人……只要不讓他喝酒。

順便說一下，在今天的派對上，大家都禁止喝酒。

因為大部分的參加者都未成年，紗霧也在場。

希德說：

「就算妳說要減少登場人物的數量……『理應要在場的角色』不在的話，讀者不會覺得奇怪嗎？」

我開啟的無聊話題，似乎被拿來當成閒聊的主題了。

「這種時候就要用那招。靠本小姐這個天才作家的技術想辦法。」

「具體上來說要怎麼做？」

「用『之後才會到』讓角色晚一點登場——之類的。將劇情分段，『找個理由讓角色在前半段回家』——之類的。剛才那兩招一起用的組合技——之類的……對對對，本小姐常用的是『讓感覺會很礙事的角色感冒，迫於無奈只得缺席！』這招！」

虧她話講得那麼滿，真是隨便的手段。

我略顯傻眼地詢問這位得意地挺起胸膛的大師。

「『感覺會很礙事的角色』是？」

「也就是『話很多愛引人注目的傢伙』！這種人在場的話，容易壓縮到其他角色的戲份，如果讓他缺席，發揮空間就會大幅增加——記好了，學弟！這可是本小姐山田妖精大師傳授的超究極高階技巧！」

超究極高階技巧啊。

感覺比較像不得已而為之的下下策……

被迫使出這招的時候，作者應該非常痛苦吧。

「嘻嘻嘻，說到這個，艾蜜莉。」

愛爾咪忍著笑意開口。

「之前大家在征宗家過夜時，妳因為感冒不能來對吧。」

「啊！難、難道…………是那麼一回事嗎！」

「妳話很多愛引人注目會壓縮到其他角色的戲份，太礙事所以戲份被刪了。」

「太過分了！竟然如此狠心！」

妳筆下的角色大概也想說這句話。

這段打破第四面牆的玩笑話，令大家發出輕柔的笑聲。

或許是這陣笑聲吸引了她的注意力。

「對了，征宗學弟。」

一直專心觀看電視在播的《世界妹》第一話的村征學姊，抬起頭問我：

「那個腳本家還不來嗎？」

「真希奈小姐嗎？她剛剛跟我說她感冒了，不能來。」

「什麼……？唔唔唔……我還想直接針對第一話向她提出意見……！」

看完第一話的鐵粉進入暴躁狀態。

跟漫畫化時的發展一模一樣。

「那由我聽妳說吧。這是我們開過無數次會議作出的一話。」

對我來說是再幸福不過的工作場合。所以——

「腳本家能回答的問題，作者也回答得出。」

「是嗎！那我就不客氣了！」

就這樣，我和熱情的粉絲並肩坐在一起，重看第一話。

我跟紗霧為她解說各個場景，村征學姊大聲發表感想，我們時而歡笑，時而爭執。跟別人討論自己作品的動畫。

一定不只我們。整個日本……甚至包括國外。

此時此刻，到處都有人在針對《世界妹》發表感想及討論。

我和情色漫畫老師。

在足立區的一角，兩個人共同創作的故事。

兩個人共同開始的旅程。

如今竟然發展成了這麼大的規模。

「好可怕，村征學姊。」

「什麼東西可怕？征宗學弟。」

「昨天和今天，有許許多多的人看了這部動畫。一定也有很多人今天才去接觸原作。這讓我覺得——非常可怕。」

「這樣啊。」

學弟在傾訴煩惱，學姊卻一笑置之。

「你的表情和你說的話搭不上喔。」

「是喔？我現在是什麼樣的表情？」

「沒必要告訴你——非常好。太棒了。」

「什麼意思啦。」

「暫時不愁沒有樂趣的意思——而且你也要開始不停出新書了。」

「嗯，對啊，託大家的福。請妳幫忙的遊戲也是在這個月發售。」

「呵呵呵，和泉征宗粉絲最幸福的時光要開始了……」

村征學姊露出陶醉的笑容。

「妳說得太誇張了。」

「一點都不誇張！動畫、遊戲、原作小說——這個量很驚人啊！」

村征學姊對自己作品的跨媒體製作明明毫無興趣，換成我的作品卻統統確認過了。

「是嗎？或許吧……哈哈。」

我搔著臉頰。

現在回想起來——我自己都開始覺得好像有點做得太過頭。

你問我指什麼？

「和泉，難道那個傳聞是真的？」

席德帶著難以置信的表情問我。

「傳聞？」

「他從現在開始，要連續出書好幾個月……的傳聞。」

「是真的。聽說上個月底，出版社的官網有公布情報。」

神樂坂小姐告訴我的。

「連續三個月……我看到的情報是這樣寫的。而且這個月還要同時出《世界妹》和新作的第一集。」

「對對對。新作的第一集快出了——啊，這是樣書。」

「原來……是真的……呃啊……」

席德從我手中接過樣書，嚇得臉色發白。

「第四個月也要出新書嗎？」

「嗯。」

「…………………總不會要持續到第五個月吧？」

「對啊，我打算一直出下去。」

「？？？？那個……請問……你到底預計連出幾個月？」

「一直。」

「一直，是多久？」

「一直就是一直。不過只是計劃啦。」

「？？？？？？」

席德望向其他人求助。

——村征學姊像結冰般僵在原地。

——紗霧傻眼地點頭。

——妖精大概是準確推測出了事情經過，「嗚噁……」露出驚恐的表情。

「總之——暫定十五個月。」

「施武葛約。」

「就是你說的那樣。」

「該不會是你要連續十五個月都出新書的意思？」

喂，席德，你講話變成外國腔了。

「」

別用網路短篇小說的方式表示沉默。搞不好會有人看不懂。

「征、征中學弟要……連出施武葛約新書……」

村征學姊的靈魂快要從嘴巴冒出來了。

妳也太驚訝了吧。

妖精摸著村征學姊的背說：

「征宗？你想殺了村征嗎？」

「呃，跟我說也沒用。」

「要是你得知《涼宮》從現在開始每個月都要出新書，也會有這種反應吧？」

「那麼缺乏真實感的消息，我哪可能會相信。」

「說得也是。不過，對村征來說衝擊就是那麼大……真是的，你的表情有夠欠扁。你臉上寫著『我又做錯什麼了嗎？』。」

「你們說我的出書速度很奇怪，是在指我寫太慢吧？」

「小心本小姐把你揍飛喔！」

妖精勃然大怒，賞了我的腦袋一記手刀。

「有必要打我嗎！」

「講真的，那句挑釁的台詞超讓人火大，這輩子別再說了。」

我本來只是想講惡搞台詞，卻不小心創造出會對輕小說家造成暴擊的挑釁台詞。

的確，我試著想像有人對我說這句話，不管對方寫得快還是寫得慢，都滿讓人火大的。

就算是我尊敬的作家也一樣，例如……我怕惹到人所以不方便講出名字──要是幾百年都沒出新書的那位作者和那位作者講這種話，被粉絲臭罵一頓也是活該。可能會被砲轟「對啊！慢死了！」。

「你還是老樣子……速度快得驚人。有太多值得祝賀的好消息，我都不知道該說什麼了。」

席德帶著僵硬的笑容稱讚我。

「你才是，我看你狀況不錯啊。」

那部新作──不對，續集正在不斷出版，已經不能稱它為新作了。

「你那部作品超受歡迎的，聽說還被電視節目介紹過。」

感覺跟《世界妹》剛出時同樣受歡迎，或者在那之上。

之後應該會一直有多媒體製作的企畫提出，說不定在那之前，他的夢想「跟食品公司合作」就會實現。

——我的夢想是……

——我的夢想是……

跟他初次見面時，我們聊到了夢想。

明明在往不同的夢想前進，望向旁邊，卻有跟自己並肩奔跑的朋友。

我很高興。

「沒有啦……我自己也嚇了一跳……」

席德摸著脖子，露出溫和的微笑。

「是因為有編輯、插畫家、設計師的協助。還有書店……最感謝的是看過它的人願意說它好看。」

他說，真的很感謝。

他的作品愈來愈紅，謙虛的態度卻一點都沒變。

我決定向這位年長的後輩好好學習。

妖精喝著玻璃杯裡面的果汁說：

「國光的那部作品超賣的。也是啦，畢竟他是用靈魂在寫的。」

順帶一提，內容是蘿莉後宮。

是部必須拋棄羞恥心才能發表的作品，所以才那麼強。

想要寫出帥氣的作品，讓作者本人被覺得帥氣——懷著這種心情不可能寫得出來，甚至連想要動筆去寫的念頭都不會產生。

我絕對不會告訴當事人，但那是部包含我在內的同行會私下尊敬的作品。

——我喜歡這個！同志們，聚集到此處吧！

像這樣大聲吶喊，召集同好，作者和讀者一同享樂。

而這熱鬧的氣氛會進一步成為召集同志的力量，誕生續作。

無論其他人怎麼說，循環不止的創作活動都健全又美麗。

「恭喜你，席德。」

其他人也接在我後面祝賀他。

那一定是獻給創造美好循環之人的祝福。

「謝謝大家。」

蘿莉後宮的作者害臊地低下頭。

「今天明明是和泉跟情色漫畫老師的慶祝會……」

「祝賀有多少都不嫌多。」

紗霧站在我旁邊，對席德露出笑容。

情色漫畫老師

「謝謝妳，情色漫畫老師。」

沒錯，祝賀有多少都不嫌多。

各位也聽見了。值得慶祝的是——長久以來席德對情色漫畫老師的誤會，終於全部解開了。

之前解開了我在跟大叔交往的誤會……

這次則解開了跟成熟美女（京香姑姑）交往的誤會。

真的等了好久……終～～～～於可以卸下肩上的重擔！

「人家不認識叫那種名字的人！」

耳熟能詳的這句話，聽起來如同福音。

恭喜我們。

派對開始後過了一段時間，在愛爾咪有事要先行離開時，草薙學長來到我家。

「嗨，和泉。恭喜嘍。」

「謝謝你，草薙學長。」

草薙龍輝。金髮黑衣，身材苗條的成年男子。

和村征學姊一樣，跟我在同一家出版社活躍的輕小說家前輩。

也有動畫化的經驗，稱之為老手都不為過。

我在玄關迎接他。

「請進。大家都到了——啊，這是兩本新刊的樣書。」

「謝啦。雖然不是回禮，這給你。」

「哦——是都日式饅頭。謝謝。」

我在內心歡呼，收下見面禮。

「我記得你喜歡吃這個對吧？」

「這是全世界最好吃的食物之一。」

超適合配茶的究極點心。

還有點溫度。應該是他特地去店裡買給我的。

「沒想到你會這麼高興——抱歉，這麼晚才來。預計在上午做完的工作拖到時間了。」

他主動開啟這個話題，代表我可以問吧？看清這方面的界線是社會人士的必備技能，可是我到現在還不習慣。

「是什麼工作？」

「我在寫線上沙龍的文章。」

「…………………………」

哦哦……出現了意料之外的詞彙？

其實應該要馬上回點什麼才對。

在這個時機愣住，是因為我太青澀。好了……該做何反應呢？

正當我思考之時，對方開始解釋。

「我說，雖說是線上沙龍，但不是什麼可疑的東西喔。」

「我沒有覺得可疑啊。」

「你都不知道要怎麼回了。」

是沒錯。

金髮的輕浮男講到線上沙龍，自然會退後一步靜觀其變。

「我只是在疑惑，輕小說家怎麼會跟線上沙龍扯上關係。不太能想像。」

「我想也是。」

「……是在會員制的社群網站刊登新寫的小說……之類的？」

如果是自己著作的衍生作品，可能會有需求，不過隨便想一下就覺得會有很多問題。就算那些感覺會滋生事端的各種問題都解決了……出版社也有自己想要宣傳的小說投稿平台……不對。

以草薙學長的身分，有必要搞那個線上沙龍嗎？

「不是啦。」

就知道。

「那你提供給會員的是什麼？作者的自拍照？」

「輕小說的寫作講座。還有專欄。」

「付費的？」

「免費的。」

「哦——」

「和泉，你這傢伙是不是在想『好爛的內容』。」

「沒罵得那麼難聽啦！」

「意思是你有在心裡偷罵嘍！」

「誰教學長的教誨都是基本功和精神論，超像在說教的。」

「因為那很重要。」

他邊說邊用拳頭鑽我的腦袋。

這麼擅長跟年紀小的人相處，是因為他有弟弟吧。

假如我有個哥哥，或許就是這種感覺。

……先不論想不想要。

我帶他來到客廳，繼續參加派對。

我將都日式饅頭放在桌上，幫大家泡茶。

參加成員有了變動，於是我們重新乾杯。在閒聊的期間，我再次詢問：

「說起來，為什麼要免費做那種事？」

「……我在想可以不用跟那些小鬼見面的方法。」

啊……原來如此。

我理解一切，用力點頭。

應該有很多人忘記了，讓我說明一下。

現在，草薙學長被想當輕小說家的小孩子當成師父崇拜，講難聽一點就是被纏上了。

蘿莉輕小說的作者席德超級羨慕他，然而——

「正常來說……怎麼可能直接跟小鬼見面，教她寫作啊……」

一般人都會這樣想。

世上的蘿莉作品也是，作者（跟出版社）會加固防線，調整主角的年齡或外表，嚴格自我約束，事先想好各種開脫之詞。

先不看封面和出版上的宣傳詞，那位獅童國光老師的新作，內容也再健全不過。給小孩子看都沒問題。世界觀也是幻想風。

先不看封面的話。

「所以，你就一直用不直接見面的方式指導她。」

「不收費。我判斷為了免於社會性死亡，這是最好的做法。」

「明智的抉擇。」

「但有個問題……我想跟你們商量一下。」

草薙學長愁眉苦臉，用大家都聽得見的音量說。

還對村征學姐投以意味深長的眼神——的樣子？

「商量什麼？」

妖精加入對話。

「如果你要問怎麼經營線上沙龍，本小姐和其他人應該都幫不上忙。」

「我從線上沙龍的會員那邊，收到不知道該怎麼回應的私訊。」

該不會是情書……？

在我猜測之時，他用手機開啟那封私訊給我們看。

——草薙龍輝老師，您好！人家一直都有拜讀您的文章喲♡

——人家也想從現在開始練習寫有趣的輕小說～

——如果老師方便！請務必指點一二！麻煩您嘍♪

「該、該不費……草薙學長……這、這則私訊是……」

席德抱緊瑟瑟發抖的身體。

「小女生寫給你的信？」

「是小麟（46歲　男性）寫的。」

草薙學長的語氣聽起來快死了。

……………

在場的所有人瞬間僵住，只有我勉強張開嘴巴。

「小麟……我記得是……那個……」

「千壽村征老師的父親，那位時代小說作家……梅園麟太郎老師。」

「我就知道！那個人在幹嘛啊！」

那位大師是剛才提到神樂坂小姐的經歷時出現過的傳說中的小說家。

「……為什麼他會加入一介輕小說家經營的線上沙龍……還用人妖語氣問問題？」

「我才想知道咧！我就是想跟你們商量這個！呃……」

他再度瞄向村征學姊。

「千壽村征老師，會不會知道些什麼……」

「別提那傢伙。」

啪嚓。村征學姊斬釘截鐵地拒絕，彷彿能聽見一刀兩斷的聲音。

她用低沉的聲音說：

「我就是因為那件事而離家出走。」

對喔，昨天她也有講到這個話題。

「……那傢伙說，在網路上裝成女性，別人會對他比較親切……所以用看得出是女性的語氣跟人交流，好處比較多……我不太懂網路，只覺得原來有這麼一回事……」

紗霧對壓抑著怒火的村征學姊拋出一句話。

「他明顯扮人妖扮得很開心吧？」

「別說了……！在情色漫畫老師面前，我不會說偽裝性別有什麼錯，不過……！這個……太超過了吧？因為，他好像也是用『小麟』的身分跟我的同學聊天喔。」

可以生氣沒關係。如果老爸用人妖語氣跟我的同學聊天，我也會揍他。

村征學姊氣得滿臉通紅。

「唔……我明明罵過他一頓了……竟然還學不到教訓……」

「學不到教訓？」

「他似乎還傳了類似的訊息給其他輕小說家。」

根本是即死陷阱耶。

收到「直接見面聊聊吧！」的訊息，到了現場一看——梅園麟太郎老師降臨！

一想到自己中招會有什麼後果，就覺得恐怖至極。

如果是老師的粉絲，或許會超級高興……不對，還是很恐怖。

「哼……要是那傢伙一直不反省……開學後也只能繼續住這邊了。妖精，方便到妳家叨擾嗎？」

「本小姐是無所謂，可是妳的學校離這超遠的吧？它位於千葉超偏僻的地方耶。」

「我已做好覺悟。還有，也沒偏僻到那個地步。要通勤不是不可能。」

「要是妳真的打算這麼做，即使在吵架，好歹打電話回家說一聲。畢竟你們是父女。」

「……好吧。」

最後——

草薙學長帶來的問題，跟梅園家的父女爭執連接上，村征學姊決定試著用電話跟父親溝通。

她在客廳的角落跟把拔講電話。

妖精則用有點嚴肅的語氣說：

「說到學校……紗霧，妳真的打算從下個學期開始去上學？」

「這還用說。準備萬全！」

她用雙手擺出勝利姿勢。

「從開學典禮那天，開始去上學。」

為此，她一…………直在特訓及準備。

課程也跟得上，獨自外出……練習時也做得到。

「好令人擔心喔——不久前妳還非得跟征宗牽著手，才有辦法踏出家門一步……真的沒問題嗎？」

「不知道。」

紗霧笑著說。

「所以……不行的話，我會找人幫忙。」

「說得也是。」

妖精也笑了。

「就這麼辦。」

既然講得出這句話，肯定不會有問題。就算我不在身邊，同一個班級還有惠在。也有愛管閒事的同學們。

我無法徹底驅散內心的不安。不過，因為這樣就叫她「別去」……我辦不到。

因為紗霧「走出家門」，是我們的宿願。

等她離開我身邊，敢去上學後──是否就算告一段落了？

老爸和媽媽是否也能放下心來？

「我跟擔心自己一樣擔心哥哥。」

「我？」

「嗯──我不在身邊，哥哥沒問題嗎？」

「妳、妳在說什麼啊！妳是我媽嗎！」

好啦，我最近的確跟紗霧形影不離，片刻不離她身邊。

至今以來也有過好幾次為了工作或上學而獨自外出的機會。

所以，只不過是在紗霧上學的期間要跟她分開……這點小事……

「……問題可大了。我可能會寂寞到死。」

「要忍耐。傍晚以後的時間就能待在一起了，對不對？」

紗霧溫柔撫摸兩眼含淚的我的頭。

不、不知不覺立場對調了……

妖精傻眼地看著我們，將都日式饅頭扔進口中。

「你們這對情侶還是老樣子，依存度有夠高。」

「要妳管。」

「那麼不想分開的話，一直待在一起不就行了？學校大可不去。這樣就能跟本小姐一樣，平日中午就在睡回籠覺，一下打電動，一下去旅行……度過快樂的每一天。」

根本是個廢人。

「呼呼呼……輕小說家活在與壽命有限之人不同的時間。是能在平日的空閒時間去看電影的特權階級。竟然特地去套上世俗的桎梏，真是難以理解的行為。」

是適合連續偷懶十天也不會良心不安的人從事的職業。

反過來說，也是加班能加到爽的神仙職業。

妖精提出自己的論點，我講出曾經跟惠說過的意見。

「我不認為『去上學絕對比較好』。世上也有不去學校更適合的人。」

因為每個人的處境因人而異。

就像家裡蹲時期的紗霧。

「我……是因為紗霧這麼希望、紗霧這麼決定，才為她聲援。即使會寂寞。就這麼簡單。」

「好好好，本小姐很——清楚了。」

她輕笑出聲，在我耳邊竊竊私語。

「你嘴上這麼說，其實打算偷偷盯著她上下學吧？」

那當然。

「呵呵呵，本小姐陪你，這位妹控哥哥♪」

和泉紗霧第一次上學。我們也一樣準備萬全。

開學典禮當天早上。

「哥哥，我出門了！」

紗霧踏上通往學校的旅程。

她放開我的手，大大踏出一步。

……我不小心形容得很誇張，但這個事件就是如此重大。

跟動畫化同等級。

「拜託妳了，惠。」

「包在我身上！我會黏在小紗霧身邊，好好保護她！」

身穿制服的惠對我深深一鞠躬，露出一口白牙。她為了紗霧，特地來我們家接她。

「拜託妳了……拜託妳了！」

我抓住惠的雙肩，拚命叮嚀她。她苦笑著說：

「哎唷～……哥哥太認真了，好可怕……」

「討厭……哥哥擔心過頭了。」

紗霧面露苦笑，接著板起臉來，指向我的鼻尖。

「我要跟小惠一起去上學……不准跟來喔。」

「…………」

「絕──對……不准喔。」

「哈哈，我知道啦。」

我會偷偷尾隨，避免妳發現。

「路上小心，紗霧。」

我笑著為妹妹送行，然後按照之前討論好的計畫，與妖精會合，一起跟在後面。

維持著位於紗霧後方，不會被發現的距離，觀察情況。

這時，妖精隨口提問：

「噯，征宗。你不是也開學了嗎？會遲到吧？」

「我打算這星期都請假。這樣紗霧聯絡我的時候，才能立刻趕過去──怎麼了嗎？」

「……抱歉，問了個沒意義的問題。」

我無視那有點受到驚嚇的語氣，全神貫注，不斷注視前方。在接近學校時出現穿制服的學生向惠道早，跟她會合。

不只一、兩個人。三個、五個……竟、竟然……還在增加……？

「……明顯有年級不同的學生。」

「對喔，惠朋友超多的。」

「這叫集體上學嗎……跟帝王出巡一樣。」

「……紗霧好像在努力跟其他人打招呼……」

不、不要緊嗎……？

可惡！惠那傢伙！剛剛還誇下海口說「包在我身上」！

怎麼可以突然對前家裡蹲施以如此沉重的考驗！

我膽顫心驚地旁觀，惠憑藉笑容控制住那群人，護住紗霧，以免那些人太靠近她。不只惠，看得出其他學生也在溫柔地關心紗霧。

關於「紗霧久違地前來上學一事」，惠應該用自己的方式做了準備。

「嗯，看起來沒問題。」

「……對啊。」

我鬆了口氣。同時感覺到些微的寂寥和胸口的痛楚。

紗霧彷彿在逐漸從我身邊離開。

那一定是我卑劣的獨占欲。

「那很正常啦。你用不著逼自己離開妹妹。」

我一句話都沒說，妖精卻笑著拍拍我的背。

「因為你們未來也會一直在一起。」

「謝啦。」

我彆扭地跟她道謝，轉身背對校門。

「加油，紗霧。」

曾經是家裡蹲的妹妹，終於從庇護者身邊離開，用自己的雙腳行走。

——三十分鐘後。

「看這情況，或許沒必要請假。」

我待在房間，深深沉浸在感慨之中，手機收到紗霧傳來的訊息。

她的要求跟踩地板一樣簡潔。

——『我要回家。來接我(>_<)』

「哇啊啊啊啊啊！請假是對的！」

紗霧終於徹底克服家裡蹲，靠自己的雙腿開始前行——

才沒這回事啦！

我全速狂奔，數分鐘後。

我抵達國中的保健室，「砰！」一聲用力打開門。

「紗霧，妳沒事吧！」

保健室裡沒看見妹妹的影子。我左顧右盼，發現疑似紗霧的物體。

「………………………………」

床上有一團縮成圓形的「棉被」。

可愛的臉蛋從底下探出。

「哥哥，好慢。」

「從妳叫我還不到十分鐘！超快的好不好！」

「平常你十秒就會出現。」

「因為我們住在一起！妳還真是強人所難耶！」

「可是……」

紗霧鼓起臉頰。這是我在她的家裡蹲時期看過無數次的表情。

「呼～」

我吐出一大口氣。因為我放心了。有部分也是因為剛剛才狂奔過。

……發生了嚴重的問題——看這情況並非如此。

總而言之，得先掌握現狀。我努力放輕語氣詢問：

「所以……發生了什麼事，才讓妳變成這樣？」

「跟你道別後……我和小惠一起去上學。」

「嗯。」

「然後……在路上，有許多小惠的朋友聚過來……大家都對我很溫柔……」

「嗯嗯。」

我知道。因為我看見了。

「之後去看分班表，到了教室……跟大家自我介紹……大家也跟我自我介紹……說以後也要好好相處……」

「喔——感覺不錯啊……然後呢？」

「開完班會，我就早退去保健室了。」

「原來如此，我搞不懂。」

紗霧為何裹著棉被進入防禦狀態……有人聽完剛才那段說明，想得通原因嗎？

「唔……為什麼不懂？我說明得那麼仔細……」

「……因為少了重要的情報。」

這是新手寫輕小說時常犯的錯誤。

「那個……我說，紗霧。妳不是好好跟學校的人做了自我介紹嗎？」

「嗯，我自認很完美。」

「那為什麼要跑到保健室？身體不舒服？」

「……那個……我突然覺得很累，什麼話都不想說。所以…………我想在對大家說出傷人的話之前離開。」

「原來如此。」

聽到這邊，我也明白了。雖說經過日積月累的練習，一直閉門不出的人突然跟這麼多人說話——自然會疲憊。

我覺得這個判斷是正確的。

「惠呢？那種狀況下，她不是會陪在妳身邊嗎？」

「不久前她還跟我在一起。」

惠是為了跟大家解釋情況，才暫時離開。

以她的能力，應該可以在不怪罪任何人的情況下，巧妙地說明。

「……那個……哥哥。」

「嗯？怎麼了？」

「對不起喔？虧你特地幫我加油……」

紗霧維持把棉被當成龜殼的烏龜的姿勢，低聲說道。我回以柔和的笑容。

「妳做得很好。以重返校園的第一天來說，這個成果應該算不錯了。」

「……我連開學典禮都沒能參加。」

「就算這樣，還是很了不起。」

「……哥哥太寵我了。」

「有什麼辦法。」

因為我喜歡妳。會想寵妳，會想對妳溫柔。

無可奈何。跟地球是圓的，跟太陽從東邊升起一樣。

「妳之後有什麼打算？等等還跟京香姑姑有約……妳要先回家嗎？」

「休息一下就好。」

「這樣啊。那就休息吧。」

時間靜靜流逝。

只有時鐘的指針在發出滴答滴答的聲音轉動著。

淡粉色的窗簾隨風搖晃，春陽照進室內。

「如果我再晚幾年出生。」

「就能一起上學了。」

紗霧附和了我的玩笑話。

我不禁想像起來。

我和紗霧是同班同學，沒有血緣關係的兄妹，一起上下學。

在路上聊工作聊得不亦樂乎。

肯定會是跟現在不一樣的，奇妙的學生生活。

肯定會是跟現在一樣的，幸福的時光。

「所以新作你才設定成校園背景？」

「哈哈，不知道耶。」

我老實回答。

「單純是我超想寫那個題材的……也許我想度過的，就是那樣的青春，只是自己沒有察覺。和職業與我相同，沒有血緣關係的妹妹談戀愛，一起上學的青春……」

和自己不同，超有趣的某人的人生。

說不定，我一直很想寫那樣的故事，讓人閱讀，將有趣的心情分享給大家。

「所以，我今天有點開心。」

……不枉我無故請假。

「其實我也是……沒參加開學典禮，還把哥哥叫到學校……我覺得自己很過分。不過——」

「「好開心。」」

聽見這段對話，想必在擔心紗霧的惠和其他同學會生氣吧。

我們一同竊笑。

過了一會兒，我跟回到保健室的惠和保健室老師聊了幾句。

並肩走出學校。

目的地不是我家。

國中的正門前停著一輛車。

在車子前面等待我們的，是再熟悉不過的家人。

「京香！」

「紗霧！正宗！」

京香姑姑穿著整齊的長褲套裝，一看見我們就揮手迎接我們。

只有我們明白的可怕笑容。再也不會害怕了。

「妳好快就出來了……為什麼正宗也在？」

「呃，那是因為……」

我向她說明詳情，京香姑姑傻眼地苦笑。

「真是的……拿你們沒辦法——紗霧，妳聽好。」

「是、是。」

「要早退的時候請妳聯絡我，不是去找正宗。因為正宗也要上學，不能打擾他。」

「沒關係，找我就好。京香姑姑也要上班——」

「不，要找我。我們兩個都有自己該做的事，既然如此，當然要以小孩子為優先。因為我是你們的監護人。」

以前讓人覺得強硬的態度，現在也已經不會有那種感覺。

因為我明白，這是她溫柔的表現。

「——說教到此為止。剩下在路上說吧。」

「嗯。」

「好的。」

我和紗霧一同點頭，鑽進後座。

搭乘京香姑姑的車，前往目的地。

跟家人約好要在紗霧上學的那一天，回家時三個人一起去的場所。

大家也猜到了吧。

「到了。」

目的地是墓地。

我刻意用這種說法，其實就是我們兄妹倆的父母沉眠的地方。

我們下車踏入其中。

氣氛瞬間一變——可以這樣說吧。

明明位於建築物繁多的工商業區的中心，卻散發出一種截然不同的莊嚴氛圍。

有一股土味。風吹動宛如初夏的潮溼空氣。

「……………………」

那個時候，我們也是像這樣三個人一起來到墓地。京香姑姑、紗霧，我自己大概也並不冷靜，思緒亂成一團，滿腦子都是未來的生活不曉得會是什麼樣子的混亂與不安。

簡直像世界末日，一點都不誇張。

時光倒流般的既視感湧上心頭，我望向紗霧的臉。

然後——

「哥哥，你還好嗎？」

「……嗯，沒事。」

回應我的是關心我的溫柔話語。

跟以前不一樣。有種得到救贖的感覺。

「去看老爸和媽媽吧。」

還有老媽。

「嗯。」

第三章

我們三個以不會輸給當時的一家人的姿態牽著手前行。紗霧走在中間。

穿過數不清的墓碑，站在雙親的墳墓前面。

「嗨。」

我放鬆肩膀，裝出比上次見面時更成熟的語氣，跟他們打招呼。

「我明明偶爾才會來一次……墓碑卻總是被擦得亮晶晶的。我一直覺得很神奇，最近終於知道了原因。」

仔細一想，答案很簡單。除了我以外，還有人會來這裡幫忙打掃。

至於那個人是誰，不用我說了吧。

「今天我們一起來了。有很多事要報告。」

我望向兩人，京香姑姑別過頭去。

「……我去拿打掃工具過來。」

她快步走掉了。

該怎麼說呢……京香姑姑還是沒變，在哥哥面前會擺出那種態度。

京香姑姑離開後剩下我們兩個，我們面向墓碑。

「……好久不見。」

紗霧雙手合十，輕聲說道。

「對不起……這麼久……沒來看你們。在那之後，我一直，一直……不敢踏出家門。不過……哥哥一直陪在我身邊。一直對我很溫柔…………所以，我沒事了。」

「這兩年發生了許多事。也發生了許多令人驚訝的事……老爸和媽媽其實早就知道了吧。」

我和紗霧祕密的關係。

想當輕小說家的兒子和想當插畫家的女兒。

他們不可能不知道我們的關係。

即使剛開始不知情，照理說也會比我們更早發現。

搞不好——那正是他們在一起的契機。

就像我們覺得是命運一樣，那兩個人或許也有同樣的感受。

既然如此，果然是那麼一回事。

和京香姑姑互相傾訴前的我們，肯定會震驚得動彈不得。

現在已經不要緊了。就算是那樣，也沒關係。

我抬頭挺胸地接著報告：

「我們正在一起創作輕小說。」

「那部作品超受歡迎的，變得很有名……還出了漫畫跟動畫。」

「我們一起實現了遠大的夢想。」

「很厲害吧！」

「很厲害對不對！」

我們笑著炫耀。希望這幸福的心情能傳達出去。

希望他們看看現在的我們。

「還有。這件事有點難以啟齒……」

「我在跟哥哥交往。」

紗霧面紅耳赤地報告。

彷彿雙親就在眼前。

我一定也帶著同樣的表情，緊張兮兮。儘管如此，我還是明白地說出口。

「長大後我想和她結婚。所以，我們來向你們報告了。」

不是來徵求同意。

是來報告的。

「放心吧。我會讓哥哥得到幸福。」

「不要搶在我前面說啊！」

竟敢搶我台詞！

「嘿嘿嘿……那交棒，輪到哥哥了。」

「咦咦……！」

和泉家

搶走帥氣的台詞，還把麥克風扔給我……！

要是我即興發揮說了奇怪的話怎麼辦！

「咳咳！那個！就是……！」

我緊張地思考要說些什麼──

「看著吧！我和紗霧，和泉征宗和情色漫畫老師，將來也會一──直一起實現夢想！」

寫出超有趣的輕小說！讓她幫我畫出超可愛的女主角！

炫耀給大家看，為大家帶來歡笑！

我想度過這樣的人生。

若能過著這樣的生活，該有多幸福啊。

我當著雙親的面，大喊超出計畫，本來沒打算說出來的真心話。

先繼續升學，成為大學生兼職作家。

看狀況決定要不要繼續做現在這份工作──我明明是這樣安排的。

現在書賣得好，但未來的發展無人能知。

明明是來讓父母放心的，說不定反而會害他們操心。

可是，為什麼呢？我感到神清氣爽。

我搭著妹妹的肩膀，對雙親宣言。

「我會開開心心地工作。跟情色漫畫老師一起。」

「人家不認識叫那種名字的人！」

一如往常的對話使我忍不住笑出來，向紗霧提議：

「我說，機會難得，跟他們抱怨幾句吧。」

「嗯，好主意。」

紗霧察覺我的意圖，點點頭，我們深吸一口氣。

三、二、一——

「媽媽！為什麼要取那種筆名！」

「早點告訴我情色漫畫老師的真實身分啦！」

好像有一瞬間看見了雙親對我們下跪的幻覺。

情色漫畫老師
ero manga sensei
第四章

《世界妹》的動畫開播，新作的第一集發售，我們也去幫雙親掃完墓了。

夢想成真，追求新的夢想，一帆風順，無所畏懼。

——各位可能會這麼覺得。

不過啊，也有進展不順的事。

平日早上，和泉家前面。

「小～紗霧！去上學吧～～～～～～～～～～！」

穿制服的惠對著穿睡衣的紗霧大叫。

紗霧帶著爽朗的笑容回答：

「今天不去！」

「今天不去～？是『今天也不去』吧～？妳已經連請三天假了！哥哥也唸她幾句啦，不要只顧著看！」

「喔、喔……紗霧，惠都特地來接妳了……那個……要不要考慮去上學？」

「知道了。我會考慮。」

紗霧用力點頭。閉上眼睛想了一下，結論是——

「不去上學！」

沒有任何變化。

「嗯嗯這樣啊……那就沒辦法了。」

「哥哥！」

惠對瞬間放棄的我怒吼。

「什麼叫『那就沒辦法了』～！小紗霧好～不容易敢去學校了！哥哥總是只會聽小紗霧的話！」

「這不是當然的嗎？」

「請——你——不——要——放棄辯解！」

「唔唔……」

可是啊，惠。畢竟之前發生了那些事，和泉征宗腦內沒有「逼她做不想做的事」這個選項。

另一方面，我也明白惠生氣的心情。把事情鬧得那麼大，營造出「終於解掉一個重要任務啦！」的感覺迎接第一次上學，結果撐不到半天就早退。

站在校方的角度給她方便的班長大人，也就是惠，自然會覺得「妳在搞什麼啊！」。

「真的很對不起。惠，我誠心向妳道歉。」

「不不不，我不是要你道歉。我想知道原因。」

惠一本正經地問。

「原因嗎……」

「是的。為什麼紗霧會說不要去上學——的原因。」

「我也想知道。」

在開學典禮上早退，一起去掃墓。

隔天，紗霧還有去上學。

「再休息一天比較好吧？」

我心愛的妹妹堅強地對擔心她的我說：

「昨天都早退了，我今天會努力到最後。」

我含淚送她出門。

紗霧言出必行，努力到最後才回家。

然後隔天早上。

「今天開始暫時不去上學。」

紗霧突然這麼說。我當然著急地問：

「……在學校發生了什麼事嗎？例如被欺負，或是被人惡作劇。」

「不是的。大家都非常溫柔，很關心我，也交到了朋友……很愉快。」

她的微笑不像在說謊，看得出是發自內心這麼覺得。

所以我才更加納悶。

在那之後，紗霧連續三天沒去上學的原因。

之前我都刻意不去過問。因為我想讓她一個人靜一靜。

不過，這是個好機會。

我詢問紗霧：

「紗霧，妳為什麼『不去上學』？」

「我要先說……我並不討厭小惠和班上的人。能跟大家說到話……大家對我那麼親切……我很高興。」

「太好了。」

惠放心地點點頭，然後溫柔詢問：

「那是為什麼？」

「我之前都待在家裡……沒辦法走出房間……沒辦法踏出家門……也沒辦法上學……對吧？」

「嗯。」

「終於有辦法出門，終於有辦法上學後……我想起了『重要的心情』。」

「重、重要的心情……是？」

紗霧笑咪咪地回答：

「我在變成家裡蹲之前……就討厭上學了。」

「唔咦咦咦咦咦！」

惠的上半身劇烈後仰，一副被紗霧的炸彈發言直接命中的樣子。

「妳、妳在說什麼？小、小紗霧！」

「就算家裡蹲的症狀治好了，就算班上的人對我那麼親切，我還是討厭上學。可以的話不太想去。」

「我無法理解！上學很開心吧！」

「嗯，很開心。」

「那！」

「但我討厭上學。不想去學校。」

「？？？？？」

惠極度錯亂。

「對不起……我完全不懂……」

「我都講得那麼明白了耶？」

「因、因因因為！——這不構成妳不想上學的理由吧？我已經努力把那些因素統統排除了！對吧？」

惠提出自己心中「理所當然的想法」。

紗霧擺出有點欠扁的可愛動作，「嘖嘖嘖」搖晃手指。

「小惠什麼都不懂。『因為某些原因不想上學』這個想法，本身就是錯的。」

無法加入這個話題。對不起，我是個沒用的大哥。

惠震驚不已。我目瞪口呆。

紗霧站在我們面前，散發如同悟道者的氣質，冷靜地宣言：

「我心中存在著純粹不想上學的心情。這就足以構成不去上學的理由。」

「原來如——不對，說不通吧！」

「為什麼？」

攻守逆轉了。不知何時，紗霧變成質問人的那一方……

「什麼為什麼……去學校可以交到朋友，還能跟朋友聊天……放學後可以一起玩……念書也很重要喔。」

「妳說的那些，不去學校也做得到。託妳的福。」

沒錯，現在的紗霧——

不去學校也交得到朋友，也能跟朋友聊天，應該也能在放學後跟朋友一起玩、一起念書。不會被同學討厭，也不會跟不上進度。

——都是多虧了惠。

看，她現在就在跟朋友聊天——明明沒去上學！

惠顫抖著抱住頭。

「我……我以為是在幫助她的行為……反而害小紗霧墮落了……？」

「不可以，惠！別這樣想！別去那邊！妳做得很好……！我跟紗霧都非常感謝妳……！」

「嗚嗚……請不要安慰我，哥哥……我是個不盡責的班長……我這種人……我這種人……連一位寶貴的朋友都拯救不了～～！」

「哥哥把人家弄哭了。」

「是妳害的好不好！快點安慰她！」

「一個星期我會去一次學校。到時再麻煩妳了。」

「包在我身上，小紗霧──不對！意思是妳要週休六日嗎！」

「我有在工作，反而可以說週休零日，很努力了。」

「唔……這……是沒錯。小紗霧很努力……大概比全校的人都還要努力。不過，唔唔……我該怎麼跟班上的人說……」

「幫我告訴他們『今天放學後，大家一起玩吧』。」

「……明明不去上課，卻要跟大家一起玩？」

「嗯。不行嗎？」

「……其實小紗霧是個徹頭徹尾的不良學生呢。」

她還曾經把朋友的內褲扯下來過。

長得那麼可愛，思考模式及行為卻是個惡劣的不良學生。

很大一部分是我的責任，我自己也沒好到哪去，所以沒資格講她。

情色漫畫老師

有人罵我我也不會說什麼，但我一定會讓她幸福，還請網開一面。

「唉，知道了啦……交給我！放學後我會帶大家一起來妳家玩！」

惠露出如釋重負的笑容。

「可是呀～給我做好覺悟！將來我絕～對會讓妳說出一週想要上學五天～～～～～！」

她扔下這句話後，精力十足地跑走了。

天降甘霖後，驅散水氣，留下太陽與彩虹。

用燦爛的笑容溫暖人心。

神野惠就是這樣的少女。

「再見，小惠！」

是我和紗霧引以為傲的朋友。

動畫《世界妹》第二話即將播放的某一天。

我在紗霧的房間工作時，真希奈小姐打電話給我。

「嘿——正宗先生，好久不見——」

「哈哈，有那麼久嗎？」

「啊，你怎麼那麼無情～很久了耶——上次的派對我也沒能參加——」

腳本家葵真希奈老師，不會參加配音等工作環節。所以我們兩個上一次見面，是在最終話的

第四章

腳本完成時。

第一話播放的隔天，大家為我們兄妹倆舉辦了慶祝派對。當天也有邀請真希奈小姐，可惜她感冒了，我們沒能見到面。

「妳感冒好了嗎？」

「這個嘛──症狀拖很久，所以我住院了。」

「咦咦咦咦！不、不要緊吧？」

如此重大的事，不要講得這麼輕描淡寫！

「放心放心，已經好了。今天要出院──」

「那就好，不過……」

害我那麼著急。萬一在動畫播放期間收到認識的人的訃聞，我可笑不出來。

她平常就不懂得節制，又自己一個人住，真的很恐怖。

她可是我們……不，所有御宅族不可失去的人啊。

我發自內心對她說道：

「真的請妳好好照顧身體。」

「好好好──然後啊，我有件事想找你商量。」

「什麼事？」

不會是叫我去探病吧。她今天就要出院了說。

「明天要不要來我家玩？雖然有一點！就那～麼一點亂。」

臉皮好厚……她的要求有夠明顯。

我想了一下後回答：

「妳今天出院對吧？方便的話，要不要我現在過去？我也不想讓剛痊癒的人睡在髒兮兮的房間。」

「笑死，你超懂的。哎唷──不愧是正宗先生，當我老婆吧～～～～♡」

「不要。」

「嗯嘻嘻，被甩了──那我就心懷感激地收下你的好意嘍。見面時跟我聊聊你和紗霧大人談戀愛的狀況吧──」

「是是是。大概要幾點到？」

「那你就在我回家前打掃乾淨吧。」

雖然是我主動提議的，這人真的不知道客氣兩個字怎麼寫耶。感覺像任性的大小姐。

「我又沒鑰匙。」

「赤P有，叫她載你去吧。」

「什麼？赤……誰啊？」

她沒有回答我的問題，悠哉地說「麻煩你嘍──♪」就掛斷電話。

儘管已經講了這麼一長串，我還是重新介紹一次吧。

剛剛打電話給我的超級隨便的人物，就是之前不時會提到的腳本家葵真希奈老師。

年齡不詳的社長千金。戴著一副大眼鏡，身材有點圓潤的女性。

創造出超有名動畫《星塵☆小魔女梅露露》的優秀腳本家。

懶到要用三個「超」字形容，寫作速度不穩定，還有會瘋狂拖稿的壞習慣，是個有缺陷的腳本家。

我突然決定要去她家。剛收起手機，在旁邊工作的情色漫畫老師便問我：

「是誰打來的？」

「真希奈小姐。她的感冒拖得很久，住院了，今天才出院。」

我向她說明通話的內容。

「──所以，我出門一下。晚餐前會回來。」

「咦？我也要去呀？」

「工作呢？」

「今天的份做完了。」

「那就一起去吧。」

事情就這麼決定了。

紗霧這傢伙克服家裡蹲症狀後，就變得很愛出門。

不錯的跡象。多多外出吧。

「要搭電車嗎？」

「不，她說有位『赤P小姐』會來接我……」

「……誰？」

「不知道……」

她沒跟我說明。是說要跟不認識的人一起去，紗霧沒問題嗎？如果她不能接受，還是我自己去好了。

在我思考之時，電鈴響起。

我從二樓窗戶看出去，一輛黑色高級車停在外面。

從中走出跟車子一樣全身漆黑的女性。

是我認識的人。

我嘆了口氣，對紗霧苦笑。

「原來『赤P』是指赤坂製作人……」

赤坂透子——赤坂製作人。

擔任動畫《世界妹》製作人的她，穿著平常那套長褲套裝恭敬地向我鞠躬。

「我來接你了，和泉老師。」

「謝謝……對不起，麻煩妳特地跑一趟。」

「不會不會，我也打算去問一下『那份原稿』的進度。該道歉的是我才對。不好意思……又害你被放蕩千金的任性行為波及到。」

「不不不，沒有的事。」

道歉戰爭持續了一段期間。

赤坂製作人和真希奈小姐是老朋友，似乎是會「代替她道歉」的關係。

聽說真希奈小姐家超級有錢，我只能用推測的就是了。

「和泉老師，那位小姐是……」

赤坂製作人望向紗霧，表情出現細微的變化。

對喔，她們還沒見過面。

「呃，向妳介紹一下——她就是情色漫畫老師。」

「……初次見面。」

紗霧行了一禮。或許是因為赤坂製作人完全沒把她當成小孩子看待，她沒發現我用筆名介紹她，看起來有點開心，真是可愛。

「初次見面，我叫赤坂透子。」

…………………………………………………………

「那麼，我們出發吧。」

儘管沒有雨宮監督那麼誇張……

這兩個人湊在一起氣氛還真乾。

真希奈小姐住的大樓，位於都內最高級的地段。之前我也跟赤坂製作人一起來過這裡。背負著說服真希奈小姐去工作的使命。

結果，真希奈小姐的創作慾被我們兄妹倆的「夢想」及「處境」刺激到，在附帶條件的前提下打起幹勁。

條件是──要跟我們一起生活。

這就是……那熱鬧的同居生活的起因。

如今，我再度來到她家──這次是跟紗霧一起。

我們搭電梯到四十一樓，站在角落的房間前面。持有備份鑰匙的赤坂製作人打開大門。我面向旁邊的紗霧，放開牽著她的手。

「紗霧，可以在這邊等一下嗎？」

「為什麼？」

「…………呃。」

我猶豫了一下該不該說，不過，反正她進去後就會知道。

「……裡面大概是一座垃圾山。希望妳等我們做完最低限度的清潔工作再進來。」

「我可以看一下嗎？」

紗霧沒有等我回答，從大門偷看屋內。然後——

「嗚哇……」

光憑這個反應，各位應該就能想像屋內的情況了吧。如我所料，真希奈小姐家變回以前看過的垃圾屋了。

「咳咳咳……這什麼鬼。」

一半的走廊被積滿灰塵的紙箱埋住。

……這竟然是社長千金的房間。還有一股臭味，真的太慘了。那個人好歹稱得上美女，真是百年的戀情都會冷卻的慘狀。

我從背包裡拿出單獨包裝的不織布口罩和三角巾面罩。

「紗霧，把口罩戴著，在外面等。」

「我也要打掃。我就是為了幫忙才來的。」

她戴上口罩及三角巾面罩。搭配運動服，紗霧稀有的打掃裝扮便完成了。她一手拿著從家裡帶來的藍色水桶，露出做好覺悟的表情。

「真是的。」

連這種時候，紗霧都能令我心動。

我早就猜到她會這樣說，無奈地嘆了口氣。

「了解，一起打掃吧。真希奈小姐家跟我們家不一樣，是個難纏的敵人，繃緊神經吧。絕對不可以光著手摸東西。把這裡當成被瘴氣汙染的地城。」

「嗯。」

「好的。和泉老師，請你下達指示。」

就這樣，我們為了即將回到家中的真希奈小姐，開始對骯髒的房間大掃除。

兩小時後——

「呼……暫時先這樣吧。」

「變得好乾淨喔。」

真希奈小姐家煥然一新。垃圾沒辦法馬上拿去丟，目前統統收集在一起堆到旁邊。好不容易奪回了生活空間。

「在垃圾堆裡翻到內褲，一點都不值得高興……就算戴了口罩，還是好臭……」

我會拿實際存在的人物當範本，但真希奈小姐沒辦法。

她沒資格當輕小說女主角。

可以想見被編輯逼問「為什麼要加上『很臭』這種負面屬性？」的未來。

她搞不好會帶著冷澈如冰的表情罵我「《魔●公主》小說化的時候會描述臭味嗎？不會

吧？」。別這麼做比較聰明……不對，是比較安全。

「……辛苦了，情色漫畫老師。」

連赤坂製作人都一臉愧疚。

「……除、除了用電子郵件聯絡的時候，請叫我本名。」

紗霧沒有說出那句口頭禪，用細不可聞的聲音咕噥道。

「知道了，和泉……紗霧老師──噢，葵老師她們好像快到了。」

「她們？」

是真希奈小姐的家人嗎……？

這個疑問很快就得到解答。

「我回來了──！」

數分鐘後，感冒才剛痊癒卻精力十足的真希奈小姐，帶著我認識的人回來。不對，與其說認識的人──

「妳……妳是……」

「征宗先生～♡我們又見面嘍──♪」

不如說是這個故事的最後頭目。

這位年紀比我大，看起來卻像個國中生的美少女，是月見里願舞老師。

連載《陽光吸血鬼》這部作品的超人氣漫畫家。

那部漫畫的動畫剛開播。

也就是立場跟我非常接近的原作者。

月見里願舞老師和葵真希奈老師是競爭對手……是宿敵的關係。

該怎麼說呢……她們非常──

非常合不來，又非常要好。這句話的意思，你們很快就會明白。

看見這對宿敵不知為何一起回家，我當然提出了這樣的問題。

「月見里小姐，那個……妳怎麼會跟真希奈小姐在一起？」

「這傢伙拜託我去接她。畢竟她跟家人的關係好像挺疏遠的？雖說是討厭的人，總不能見死不救。」

月見里小姐拎著汽車鑰匙甩來甩去。

「所以我才載她一程，順便練車。」

「她在路上一～～～直跟我炫耀新車，超煩的──這也沒辦法，誰教忙碌的漫畫家朋友很少嘛。」

「喂喂喂──我說真希奈啊。妳對偉大恩人的謝意是不是不太夠？唉，真是的……所以說γ-GTP數值高的大媽就是令人頭痛。」

「嗯──性格真差勁。就是因為這樣，妳才交不到願意陪妳兜風的男朋友。」

「妳扯這個話題是想開戰嗎！」

兩人互相對罵。

她們已經稱得上摯友了吧。

根本看不出是宿敵。

總之，我明白月見里小姐一起來的理由了。

我帶著她們從玄關移動到屋內。在這個過程中——

「唔喔——變得亮晶晶的！」

真希奈小姐一看到家裡就大聲驚呼。

「正宗先生還是一樣神！怎樣啊單身狗，羨慕吧——」

「征宗先生又不是妳的男朋友！」

「妳是這麼認為的吧？」

「呃！該、該、該不費……」

被搶先一步了？月見里小姐超級不安，我冷冷拋下一句：

「我們並沒有在交往。我跟真希奈小姐沒有任何關係。」

「妳看，他說不是——！真希奈，不要亂講那種會害人誤會的話啦！我們不是在車上約好永遠不會交男朋友了嗎！」

這兩個人訂下了好可怕的約定。

遵不遵守都是地獄。

我感到恐懼，還是換個話題吧。

「對了，我有個人想介紹給月見里小姐認識。」

「咦？」「誰？」

兩人好奇地湊過來。我沒有立刻回答，而是打開通往客廳的門。

待在客廳的，是赤坂製作人——和另一個人。

「她是情色漫畫老師，和泉紗霧。是我的女朋友。」

「初、初次見面！」

我突然跟別人介紹她，紗霧卻得體地應對。

她緊張地一鞠躬。

「喔喔~妳就是傳聞中的……初次見面！我是月見里願舞♪」

「紗霧大人！好久不見！雖然我之前就聽說了，妳真的能到外面來了耶！」

「小真希奈也是，聽說妳住院的時候，我超擔心的……幸好妳這麼有精神。」

「安啦安啦，不用擔心！呵呵呵，做完一件工作後的解放感就是不一樣！」

真希奈小姐秀出肉嘟嘟的上臂，擺出勝利姿勢。

月見里小姐傻眼地吐槽：

「要享受解放感是可以，全裸喝酒搞到自己感冒怎麼行？」

「可以不要揭發少女的祕密嗎？」

她住院的原因未免太蠢了。

「別聊我住院的經過了！既然大家都在場！」

一迎接我們到客廳，真希奈小姐就像要逃避對她不利的話題般大聲說道。

「趕快來討論『那件事』吧！」

「「『那件事』？」」

「唉唷，當然是我們的『最終決戰』嘍。動畫在同樣的時間開播，第一話的評價不相上下，讓我們分出勝負吧——的意思。」

「對喔，我們三個的確聊過那件事。」

我回憶起當時的對話。

動作還沒做完，腳本會議剛結束的時候……

我被真希奈小姐抓去跟月見里小姐見面。

當時，身為動畫原作者的大前輩月見里願舞老師，給了我寶貴的建議。

——我最討厭動畫這類東西了！

——但也正因為如此，如果要做的話我就要獲勝。

她向我們宣戰，而我收下了這張戰帖。

當然，其他在同一時期播放的動畫雖然是競爭對手，卻並非敵對關係。不是戰爭，也不會像運動比賽那樣直接對決。

可是，我對於站在自己即將迎來的「人生最大的祭典」前方的她——月見里願舞老師，是這樣想的。

最後的敵人。

我認為這個想法並沒有錯。

打過照面、抱持尊敬之心、遠比我有名，算是有關係——儘管是間接的——的人。

假如這場祭典落幕的時候，我實際感受到自己贏過她了。

就代表我們的夢想「完美大成功」。

應該可以挺起胸膛。

反過來說，萬一輸給她了。

即使夢想已經實現，即使最遠大的目標已經達成，還是會留下悔恨。

我剛才用最後的敵人形容她，不過月見里願舞老師對我和情色漫畫老師來說——遊戲破關後的隱藏頭目。

或許是這樣的存在。

「真希奈小姐，分出勝負——是什麼意思？我還以為這個場合下的勝負，是指動畫播完後，在自己心中做出判斷的結果……」

創作者說的「勝負」，大多是這個意思。

再說，通常應該沒辦法像我們這樣「在跟敵人達成共識的前提下進行創作比賽」。連明確的勝敗條件都難以設定。

跟許多人比賽過的我講這種話，沒什麼說服力就是了。

「不行不行！這樣不行啦，正宗先生！勝敗條件太不明確了～這樣很有可能變成『兩部都是優秀的動畫，所以兩邊都是贏家』！」

「呃，那有什麼不好？」

雙方都是贏家，沒有輸家。

不是很好嗎？

真希奈小姐指著月見里小姐的臉，回答我的問題。

「不明白分出高下，我就不能嘲笑這傢伙玩了！」

「嗚哇……小真希奈毫不掩飾惡意。」

紗霧傻眼地瞇起眼睛。真希奈小姐毫不畏懼，氣勢反而更旺了。

「請你回想起來！我本來就是為了那個目的，才接下這份工作！」

「……說得也是。」

當時，讓真希奈小姐打起幹勁的，是我們兄妹倆的戀愛狀況，以及宿敵傳來的訊息。提不起勁的真希奈小姐受到月見里小姐的挑釁，氣得要命，重振旗鼓。

說要把她打到落花流水。

「現在回想起來……月見里小姐是為了給真希奈小姐這個朋友打氣，才會那麼做吧。」

「「並不是～」」

真希奈小姐和月見里小姐異口同聲地否認。

妳們感情果然很好。

「既然妳這麼說，葵老師。」

赤坂製作人無奈地繼續這個話題。

「有能夠明確分出高下的方法嗎？」

兩部在同一時期播放的動畫。

誰輸誰贏？

有辦法決定嗎？

真希奈小姐說：

「拿兩部公諸於世的商業作品，分出『所有人都能接受的勝負』，正常來說是不可能的任務。不管品質、銷量差距有多大，都絕對辦不到。」

就是說啊。

因為我們又不是基於比賽這個目的而創作的。

輕小說、漫畫、動畫，不是為了打倒敵人創造出來的東西。

不是爭論的武器。要是忘記這個前提——

「喂～真希奈～？葵真希奈老師～？妳啊，在《星塵☆小魔女梅露露》和《mascheraｰ落入凡間的魔獸的慟哭～》播放時拿數字當根據發表勝利宣言，還瘋狂嘲諷我耶？剛才那段說詞是怎樣～？」

「因為——我明明獲得壓倒性的勝利——某位叫做月見里願舞的原作者——卻直到最後都不肯認輸——所以我才改變了想法～」

「嗚嘎——氣死人了！實際上我就沒有輸啊！原作的人氣因此直線上升耶！」

——會引發醜陋的創作者之間的爭執。

就是這麼嚴重。

哪部動畫的ＢＤ賣得比較好——之類的。會不會出續作——之類的。

播放次數——之類的。收視率——之類的。幫原作提升了多少銷量——之類的。

能比的東西要多少有多少，但一定會有人不認同那個比賽方式。會有人信心十足地說「對我而言獲勝的是它！」。

所以世上數不清的「粉絲的爭執」才這麼激烈，看不見盡頭，不會徹底分出勝負。

無法分出所有人都能接受的勝負。就是這樣，不好也不壞。

「那麼葵老師，妳打算怎麼做？」

「讓在場的人決定吧。」

也只能這樣嘍。她笑著說道。

「大家一起在同一個地方看對方的動畫，分享感想，互相討論，直到得出彼此都能接受的結論。明確地分出高下吧。」

「有辦法嗎？」

面對紗霧的疑問，我說出真心話。

「我倒覺得在自己心中有個結果就行了。」

跟最後敵人的競爭，勝敗由我和紗霧決定即可。

不會被其他因素左右。那就是我的意見。

「可是，判斷材料多一點再好不過。大家一起看動畫，分出高下——滿有趣的啊。對吧，情色漫畫老師？」

「我、我不會再害羞了！」

我用筆名叫她的理由……似乎終於被她看穿了。

然而我用筆名叫妳的原因，不只是想看妳害羞。有部分也是想稱呼身為職業創作者的紗霧。

大概是我的意圖傳達到了，她鼓起臉頰，但還是點了頭。

「比賽，我也覺得不錯。」

「嗯。」

我們達成共識。

「來吧，真希奈小姐。」

「不愧是征宗先生and紗霧大人！真配合！——那妳呢？」

「當然沒問題。我不是說了嗎？——『要做的話我就要獲勝』。」

月見里小姐露出可愛的犬齒笑了。

這一定會是——

在我們的故事中，最後的創作比賽。

雖然我講得很帥氣，請不要期待我們能展開戰鬥輕小說那樣的華麗戰鬥。

現場沒有半個人有辦法發射光束、射出斬擊。

既然如此，會是什麼樣的戰鬥？親眼見證比較快。

——《世界上最可愛的妹妹》ＶＳ《陽光吸血鬼》。

第一話都已經播放完畢，評價不相上下。

決定要決定勝敗的當天，我們直接在真希奈小姐家一起重看第一話——

「就——說——了，《陽吸》比較有趣！魄力十足的戰鬥！超帥氣的設定！吸引觀眾的愛情故事！贏了！肯定是這一季的霸權！」

「都是三字頭老人了，別這麼中二病。」

「我才不是三字頭！別扯跟作品無關的話題！」

「那就來聊作品吧，《世界妹》的第一話更優秀。尤其是這個……發揮原作長處的精妙腳本？腳本家會不會太天才了？雖然就是我寫的啦！」

「……煩死了妳這個自賣自誇大媽。」

「我們年紀差不了多少吧——！」

順帶一提，她們都已經動手了。

軟弱無力的砰啪聲響起。

外行人低速的拳頭一來一往的最終決戰，跟動畫截然不同。

這場爭鬥太過醜陋，我、紗霧、赤坂製作人都無法加入對話。

我們的故事。最終決戰真的是這東西？

怎麼辦咧……

「妳感冒才剛好，不能安靜地看嗎？」

「正宗先生！可是！」

真希奈小姐鬧脾氣的態度，完全不像比我年長的人。

月見里小姐也面向這邊。

「征宗先生，你們怎麼看！《陽吸》和《世界妹》哪一部更有趣！」

「「《世界妹》。」」

我和紗霧的聲音重疊在一起。

月見里小姐發出可愛的聲音跺腳。

「討厭～原作者～你對自己的作品太偏心了～～～～～～～～～～～」

「因為我是原作者嘛。」

「因為我是插畫家嘛。」

給自己作品的動畫最高的評價再正常不過了。

要給自己的作品一百分以外的分數，等自我反省的時候再說。

否則對粉絲和工作人員都很失禮。

「「對不對——？」」

看到我們默契十足，月見里小姐傻眼地嘆了口氣，然後露出苦笑。

「是啦。我也沒資格說別人。」

「哈哈……照這情況，果然不會有結果。」

收視率及各種收益的正確數據、未來的行銷企畫、觀眾的評價。

在動畫這方面，原作者能比其他觀眾得到更多情報。

至於原作者之間能否藉此分出勝負，答案如你所見。

比粉絲吵架更慘烈。純粹是醜陋的互罵及互毆。

不過，要是真希奈小姐沒有率先出擊，我一定也會燃起怒火，跟月見里小姐吵架。

假如，假如……把「這一季正在播的動畫」的原作者召集在一起，讓他們關掉鏡頭討論，肯定會演變成類似的狀況。

因為這場比賽簡單地說，跟「來決定誰家的小孩最優秀吧！」一樣。

出這個題目的瞬間，所有的原作者就會變成怪獸家長。

大家都會認真起來，互潑髒水。搞不好還會見血。

因此……我認為這場比賽不會有結果。

聽完我的意見，月見里小姐苦笑著說：

「不一定要有結果吧？」

「真想不到。我還以為妳跟真希奈小姐有同樣的想法。」

「嘻嘻，我認為這場比賽並不壞，包含今天在內——你呢？」

「我——」

被迫看著醜陋的紛爭在眼前上演。

實在不覺得能漂亮地分出勝負。

一不留神，感覺連我都會加入這場醜陋的紛爭。

作為最終決戰卻如此可笑。不過——

「我覺得……並不壞。」

「對吧——」

我們的最終頭目展露可愛的笑容。

她說，比賽本身、這段時間才是最寶貴的，無關勝負。

我深有同感。

該如何形容現在的心情呢？

動畫播放的期間，我一直靜不下來，坐立不安，期待不已，心癢難耐——

快要忍不住了。

紗霧、過去的妖精，以及跟我立場相似的原作者們，肯定也是這種心情。

害怕、享受、不安、愉快。

想必只有面前這位最後的敵人，能跟我們兄妹共享這五味雜陳的心情。

或是眾多的原作者（勁敵）們。

「那邊那幾個原作者！不要自己打好關係，試圖讓比賽不了了之！」

當然也有意見不同的人。

「小真希奈，就算妳這麼說……這樣下去也不會有結果。」

「這個行為重複十二話也一樣。」

紗霧和月見里小姐反駁真希奈小姐。

一起看動畫，一起討論決定勝負。

這個做法無法分出高下。

那要怎麼辦？

「唔唔唔唔……」

真希奈小姐低吼著，激動地站起來。

「事到如今，我要祭出最終手段——！」

發出鬥志十足的咆哮。

「祭典啦，祭典！靠祭典分出高下吧！」

「祭典是指在動畫完結的數個月後舉辦的『世界上最可愛的妹妹祭典』嗎？」

赤坂製作人提出淺顯易懂的好問題。

真希奈小姐點點頭。

「就是那個！真宗先生，你們也有聽說吧？」

「那當然。對吧？紗霧。」

「嗯。那個……在很大的會場……找一堆粉絲過來……舉辦唱主題曲和角色歌的演唱會，還有聲優的談話環節。」

「最後則是由我撰寫腳本的特別舞臺劇！」

「要寫《世界妹》的原創劇情，上演特別的節目對不對？我超期待的！」

雖然現在還不能說，但預計會是非常不得了的東西，我負責監修劇情。

因為舞臺劇的腳本不屬於我的專業範圍。我想交給經驗豐富的專家——葵真希奈老師包辦。

我以原作者和一名粉絲的身分，期待會是什麼樣的故事。

情色漫畫老師也會幫這場活動繪製主視覺圖等等，每天都工作得很開心……然後不去學校。

「包在我身上，紗霧大人！我會讓它成為史上最棒的動畫活動！」

喔喔……真希奈小姐在燃燒……！

儼然是幹勁ＭＡＸ燃燒狀態。

打起幹勁的真希奈小姐十分可靠。證據就是動畫的品質。

她一定會說到做到，寫出優秀的舞臺劇腳本。

超期待的。但我有件事不太明白。

「月見里小姐的比賽，跟『世界妹祭』有什麼關係？」

「呼呼呼，好問題，正宗先生。那麼月見里願舞老師，請代替我回答。」

「好的——就是呀，《陽吸》也預計在同一時期舉辦祭典活動。據我推測，她是想靠活動的評價分出高下吧？」

「沒錯。能在最終話之前決定勝負再好不過。辦不到的話就用祭典當延長賽——如何？」

真希奈小姐對宿敵露出狡猾的笑容。

月見里小姐則擺出沉思的動作。

「嗯～……《陽光吸血鬼》會上演由原作者撰寫腳本的音樂劇。前作繳出了漂亮的成績單，世界觀也很適合改編成音樂劇，所以他們希望我務必接受這個提案。」

「我知道。然後呢？」

「贏的人肯定是我，妳不介意的話就來比一場吧。」

「什麼……妳……我……唔……」

真希奈小姐……氣到話都講不清楚了。

額頭爆出青筋，一副會氣死的樣子。

她終於發出顫抖著的聲音。

「哎、哎～～～唷……挺有自信的嘛。」

「老實說，這個條件對我非常有利。舞臺劇的劇本，對我來說跟漫畫一樣擅長。」

好可怕……當紅漫畫家說了「跟漫畫一樣擅長」這句話。

也是啦，月見里願舞老師的音樂劇，有名到連我都聽過。她應該是個專家(Specialist)吧。跟葵真希奈老師同等級。

月見里小姐頓時從平常那個楚楚可憐的少女，變成聰明伶俐的女性。

「像剛才那樣雙方都不認輸——絕對不會發生這種事。我會獲得勝利，不留議論的餘地——怎麼樣？要算了嗎？」

「妳這傢伙竟敢挑釁我。」

真希奈小姐愉悅地揚起嘴角。

視線迸出火花。

實力在伯仲之間的兩人，要靠直接對決分出高下——

從結論來說，並沒有演變成這樣的發展。

「好吧！就由本小姐的腳本，讓妳輸得體無完膚——」

因為，真希奈小姐帥氣的台詞還沒講完，就突然倒下。

朝著地板，整個人直線倒向前方。

發出聽起來很痛的「砰咚！」一聲。

我聽著女性成員的尖叫聲衝到她旁邊。

「真、真希奈小姐，妳沒事吧！」

「…………………………！」

她沒有回答想要將她扶起來的我。不對，是試圖回答，卻痛得講不出話。看起來像這樣。

臉色蒼白，身體在微微發抖。

千思萬緒於腦中打轉，在我考慮到最壞的可能性，準備採取行動——的瞬間。

她含淚望向我。

「……抱歉，我腰好痛。」

「原來是閃到腰喔！」

關於那場騷動的後續，我直接說結論了。

真希奈小姐被救護車載走，再次住進醫院。

我不忍心看她痛得大哭大叫，打電話給醫院，最後演變成這樣的事態。

真是一場荒謬的動畫鑑賞會，不過幸好不是會有生命危險的疾病，我暫且鬆了口氣。

病房的窗外，是染上暮色的天空。

引發騷動的罪魁禍首正躺在床上鬧脾氣，看起來快哭了。

月見里小姐彷彿在憐憫宿敵，輕聲說道：

「……總覺得，現在不是比賽的時候。」

「……嗚咕咕咕。」

真希奈小姐化身成維持胎兒的姿勢躺在床上的肉塊，只發得出低沉的呻吟聲。

閃到腰那麼痛啊……我沒有閃到腰的經驗，所以不太能體會……

「那個……葵老師……雖然妳現在很辛苦。」

平常冷靜沉著的赤坂製作人，在這個狀況下口氣也溫柔了幾分。

她語帶同情地問——

「舞臺劇腳本的進度如何？」

「……嗚咕咕咕。」

——不會不會，我也打算去問一下「那份原稿」的進度。

赤坂製作人原本就是為了問那件事，才來到真希奈小姐家。

「截稿日已經過了。」

「……嗚咕咕咕。」

「考慮到排練的行程，再不拿到腳本會來不及。」

「……嗚咕咕咕。」

「就算妳在這邊呻吟，我也不會被敷衍過去喔？」

「……正宗先生，救命。」

救妳個頭！

狀況太複雜了……新情報太多了……赤坂製作人太冷酷了……

我只知道這樣下去，根本不可能「靠祭典分出勝負」。

「那個……真希奈小姐。妳痛得不方便講話對吧？那麼……我就問一句。」

我努力整理現狀，對真希奈小姐說：

「寫在紙上就好，請告訴我存著原稿的電腦的密碼。」

「鬼啊！」

真希奈小姐帶著快要死掉的表情痛罵我。

連月見里小姐都驚恐地看著我。

「征宗先生……怎麼可以對瀕死的女性講這種話……」

「恕我直言，不盡快掌握情況，採取應對措施的話，真希奈小姐也沒辦法瞑目。」

「我又沒死！」

「既然妳還有吐槽的力氣，請口頭報告現在的進度。」

「……還沒寫完。」

是嗎……我隱約猜到了。

「製作人……把我的包包拿過來……謝謝……呃……記得放在這裡……」

真希奈小姐氣若游絲地從包包裡拿出一個東西，用手指拎著，將它遞給我。

「正宗先生。」

「什麼事，真希奈小姐？」

不久前還處於幹勁ＭＡＸ燃燒狀態的天才腳本家深深嘆息……看起來真的很不甘心。

「抱歉。剩下交給你了。」

她把存著未完成腳本的ＵＳＢ，託付給了我。

之後。我在醫院的停車場跟月見里小姐道別，和紗霧一起坐赤坂製作人的車回家。

在路上跟她商量今後的計畫。

「關於葵老師的狀態，快一點的話再過幾天應該就能夠出院了。但我不認為她可以馬上開始工作。」

赤坂製作人像在複習似的說道。這是我們也已經知道的情報。

「截稿日已經過了，舞臺劇腳本的進度是未知數。照這情況，搞不好只寫了一半。」

她壓低音調。

「早一天也好……早一分鐘也好，需要盡快完成舞臺劇腳本。否則連活動都有停辦的危險。因為『重點節目舞臺劇』沒辦法開始練習。」

「…………………………」

沉重的沉默降臨車內。

「世界妹祭」的尾聲，會上演「特別的節目」。

已經有搭建舞臺布景等各項大規模的準備工作正在進行，不能現在臨時喊停。

「和泉老師……可以把腳本交給你負責嗎？」

「可以。」

我立刻回答。用圓滿大結局為夢想收尾，無論如何都是必要的。

一回到家中，我就打開電腦，將晚餐交給紗霧準備。

為了檢查真希奈小姐託付給我的腳本。

「那麼……她寫了多少呢……真希奈小姐，求妳爭氣點啊。」

USB裡面只有一個文字檔。

看到檔案那麼小，我有股不祥的預感，打開檔案。

「世界上最可愛的妹妹祭典　最終舞臺腳本」。

這行字映入眼簾。

沒了。

…………………………………………………………

………………………………………

…………………沒了。

「咦？真的假的？」

乾笑脫口而出。

看來人類遇到過於驚悚的驚喜時，除了笑以外什麼反應都做不出來。

「說、說、說什麼『剩下交給你了』……妳只寫了標題嘛！」

要幫她護航的話……身為天才腳本家的她，肯定在腦內想好了劇情。

只差寫出來而已。

所以進度不是白紙——在她的心中。

「對於接下這份工作的我來說，進度跟白紙一樣啊，真希奈小姐……！」

怎麼辦……

我沒有寫舞臺劇腳本的經驗啊……

「…………」

我盯著空白的畫面，咬緊牙關。

為了跟大家共享這種危機感，讓我說明一下。

關於我們準備製作的「特別的節目」。

關於我之前說「現在還不能說」的那件事。

「特別的節目」前半段的部分，是聲優朗讀劇和角色歌的演唱會。

撰寫《世界妹》的原創劇情，讓每位女角都照到鎂光燈，表演歌曲──內容如上所述。

腳本沒寫好，就不能排練。也有一些準備工作會因此停擺。

會給許多人添麻煩。

會害來到會場的粉絲失望，在最後關頭毀掉我們重要的夢想。

「只能……由我來做。」

無論如何都得做。

「世界上最可愛的妹妹祭典」當天。

我們的夢想進行總結算的重要日子。

在活動的最高潮，由和泉征宗撰寫腳本的朗讀劇揭開序幕。

華麗的舞臺布景將原作的世界觀如實重現。

用跟角色一樣的聲音演出的戲劇。

觀眾們的視線充滿期待。

而這一切，都被我這個外行人所寫的腳本搞砸了。

不是其他人，正是毀在我本人手中。當著紗霧的面。

招致最壞的結果。

是我害紗霧的笑容蒙上陰霾——

——我作了這樣的夢。

「啊！呼……呼————」

趴在桌上睡著的我，被驚悚的惡夢嚇得彈起來。

不知不覺過了好幾個小時。

「天黑了嗎……」

室內一片昏暗。專注及焦躁，害我的時間感變得怪怪的。

連紗霧特地為我做的晚餐都不記得。

「……呼。」

停止打字的瞬間，強烈的疲勞及壓力就沉沉壓在背上。

情況不太妙。我一開始就知道。雖然答應了，但我知道這份工作自己應該做不來。

因為這是我第一次做的工作。

舞臺劇。

幫完全沒看過的東西寫腳本。

跟沒上過半堂課、沒看過半本書，就去接受高難度測驗一樣。

跟沒練等就去挑戰強敵一樣。

當然，決定動畫化之後，我從事了許多「第一次做的工作」。

但那是因為有專家的協助才做得到。

例如專業的腳本家、監督、製作人。

在沒人幫助的情況下，怎麼可能有辦法做超出專業範圍的工作。

這樣下去絕對會失敗。可怕的是，我很清楚。

明白這個事實，是這幾個小時最大的成果。

「希望真希奈小姐快點回來。」

看她那麼痛苦，可以指望她嗎？我不會奢望她徹底康復，可是我想請她盡快給我建議。監修我寫的腳本。

「……胃好痛。」

儘管如此，仍然只能硬著頭皮上。

我摸著肚子站起來，走到房外。

打算去洗把臉，轉換心情。

當我洗完臉，準備回到房間時——

「哥哥。」

紗霧站在門前等我。

她身穿平常那件工作服（連帽外套），哀傷地看著我。

「現在，方便打擾一下嗎？」

「……………………」

我要專心工作，等等再說。本來想這麼說的，最後決定作罷。

紗霧——不對，情色漫畫老師肯定是明白了一切，才來找我說話。

「好啊。要進來嗎？」

「在這邊講就好。」

她走到我旁邊。

伸出右手，碰觸我的額頭。柔軟的觸感傳來。

我感覺到內心的不安得到緩解，心情逐漸平靜。

紗霧抬頭看著我咕噥道：

「你累壞了。」

「……嗯。」

「畢竟今天發生了那麼多事。回家後你也一直在工作。」

「…………嗯。」

「你打算勉強自己吧，和泉老師。」

「是啊，情色漫畫老師。」

我們在寧靜的夜晚朝對方微笑。

經過片刻的沉默，我接著說道：

「對不起，害妳操心了。可是……唯有這次，不要阻止我。」

「我不會阻止你的。反正講了你也不會聽。」

放在額頭上的手指撫過臉頰。

明明在被最心愛的女孩輕輕碰觸，我卻沒有奇怪的想法。

只感覺得到被她碰觸的地方暖暖的，逐漸受到治癒。

「作為替代，跟我說說吧。」

「說什麼……」

「你在害怕什麼……不安什麼……為什麼要露出……那種快要哭出來的表情。全部，告訴我

吧。」

她與我四目相交，對我訴說。

「……雖然我能為你做的不多……我可以陪你一起害怕。」

「只要能讓你打起精神，我什麼都願意做。」

「就像你為我做的一樣。」

我兩眼泛淚，看不清楚她的面容。

「我……辦不到……這樣下去，一定會失敗。」

「……嗯。」

「搞不好會在最後關頭……毀掉我們的夢想。」

「……嗯。」

「趕不上截稿日，給許多人添麻煩很痛苦。」

「……嗯。」

「明明不覺得自己寫得出好東西……還是得繼續寫的感覺很可怕。」

「……嗯。」

「可是，不寫不行……我非寫不可……」

淚水奪眶而出。

紗霧接納了它們。

碰著我的臉頰。

摸著我的頭。

溫柔地跟我說話。

不知何時抱住了我。

「冷靜一點了嗎？」

「喔……嗯……被妳看見丟人的一面了。」

「彼此彼此。」

「……是啊。」

將悶在心裡的想法全部說出來——清爽多了。

我抓住紗霧的雙肩推開她。

用雙手拍打自己的臉頰。

然後重新面對她。

懷著開朗的心情笑著說：

「抱歉，我現在似乎沒有做這個工作的能力。」

「對呀。那要怎麼辦呢？」

紗霧也輕快地回應。

終於找回平常的步調了。儘管狀況還是一樣惡劣到不行。

「我說，情色漫畫老師。輕小說家和泉征宗的長處是什麼？」

「寫得很快和沒有尊嚴。」

「裡面是不是混入了尖酸刻薄的批評？」

「我沒說錯吧？」

「是沒錯！所以我要用那招想辦法解決！」

「想辦法解決？」

「我現在沒有做這個工作的能力。所以，我要現在開始急著提升力量。」

如果沒練等就去挑戰強敵叫亂來，只能現在就去練等。

「因為知識不足而做不來的話，去補充知識就行。不惜用盡各種手段！」

「很符合你的作風。」

「先跟製作人商量，請她找舞臺劇的專家來吧。」

有能力從頭開始創作《世界妹》舞臺劇劇本的，全世界只有葵真希奈老師一人。

現在的和泉征宗做不到。

不過，只要有專家的協助，或許有辦法做到。

「好，馬上打電話給製作人！」

「很晚了耶？」

「放心。擁有製作人這個頭銜的人，不管是深夜還是假日，都會電話一響就接起來。目前我遇過的人統統是這樣，肯定沒錯。」

「……絕對是你的偏見。」

「截稿日過了沒時間了我也沒辦法啊！——對了！隔壁剛好住著兩位天才輕小說家大人和優秀的插畫家大人，也去找她們商量一下吧。」

「……為了實現我們的夢想，借助這麼多人的幫助……沒關係嗎？」

「我和泉征宗從未想過憑一己之力獲得成功！」

「就算你講得跟名言一樣也一點都不帥。」

可惡的紗霧，竟然用跟我一樣的風格吐槽。

「若能稍微提升夢想成真的機率，我什麼都會做，也不會感到愧疚。」

「我同意。」

「對吧？再說，事到如今何必在意這個。我們一路走來，可是受到了一堆人的幫助啊。」

向各位工作人員致謝。

向朋友們致謝。

向讀者們致謝。

會寫在輕小說後記裡的這些好聽話。

習慣每天的工作，被逼到無路可退，覺得反正不會傳達給對方，率先遭到輕視的那些話。

結果，直到最後它們都是正確的。總是與我同在，從來沒有背叛過我。

總是向我伸出援手。

此刻亦然。

「嗯，說得……也是。」

我和紗霧，一定有著共同的想法。

「所以，也去問問看月見里小姐吧。」

「……明明是競爭對手？明明是最終頭目？」

「她熟知我們的處境，實力堅強，又可能願意幫忙不是嗎？若能用最完美的結果為夢想做個總結，就算對方是惡魔，我也願意下跪。」

「唔……你平常就在跟如同惡魔的人一起工作，好像沒什麼差。」

「妳指的是神樂坂小姐，還是赤坂製作人？」

「兩者皆是。」

當事人聽見這段對話，絕對會生氣吧。

看我若無其事地將話題拉回來。

「我當然不會全靠別人。我能做到的……這個嘛，我想寫一堆方案出來。」

「……一堆？」

「有什麼奇怪的嗎？」

「那是……以你為標準的一堆嗎？」

「畢竟我不知道怎樣的故事適合舞臺劇。我會拚命寫出各種故事，能寫多少算多少。」

因為沒寫過舞臺劇腳本，對《世界妹》瞭若指掌的和泉征宗，目前做得到的工作大概只有這個。

「託妳的福，方針定下來了。謝謝妳。」

「不客氣。我也會全力做好自己的工作。」

「「一起加油吧！」」

我和搭檔拳頭相碰。一如往常。

盤踞在心中的不安，全數轉換成了創作動力。

無論何時都是這樣。

打從一開始就是這樣。

情色漫畫老師正是我的力量泉源。

紗霧她——

「哥哥。」

換了個稱呼，在極近距離抬頭看著我。

「怎麼了？」

「那個……你稍微，打起精神了……所以……那個。」

她面紅耳赤，踮起腳尖——

「……工作順利的話，我就親你一下。」

在我耳邊輕聲呢喃。

其效果有多麼猛烈。

我想無需贅言。

贏定了。

於是——

我們為「世界妹祭」開始創作。

情色漫畫老師勤奮地做著跟祭典有關的「祕密工作」。

我則寫了一堆舞臺劇劇本的草案，在大家的幫助下反覆修改。

借醫院的單人房開會，半死不活的真希奈小姐也來參加，逐漸提升品質。

短短幾天。

卻是充實的時間。

搞不好是這輩子最充實的時刻。

當我在創作的時候，時間會轉瞬即逝。

動畫一話接一話播放，進入下一個月，我的新書也發售了——

到了比賽當天。

「世界上最可愛的妹妹祭典」舉辦日。

我和紗霧帶著妖精來到會場。

是足以容納數千人的巨大展覽館。

「嗳，哥哥……好多人喔。這些人該不會……全部都是？」

紗霧揪緊我的袖子。

「好像是。」

活動還沒開始，會場周圍卻聚集大量的人潮。

作品名稱、角色名字、登臺聲優的名字，參雜在嘈雜的人聲中。

「……我、我開始緊張了。」

「不用緊張啦。我們又不會上臺。」

嘴上這麼說，我其實也很緊張。

「你們兩個膽子真的有夠小——！本小姐在『爆炎的暗黑妖精祭』可是親自上臺，賞賜粉絲們寶貴的話語！」

妖精光明正大地挺起胸膛，分享自身的事蹟。
紗霧站在我旁邊對妖精投以鄙視的目光。
「小妖精只是自己愛做這種事吧。」
「呵呵呵，我甚至想在演唱會上高歌一曲。可惜被哥哥駁回了。」
「去參加動畫的活動，結果聽見原作者在唱歌，粉絲會嚇一跳吧。」
雖然我也想聽妖精老師唱歌。
她愉快地觀察我們的表情，按照慣例猜中正確答案。
「啊，本小姐知道了——今天的活動同時也是跟『陽吸祭』的競爭。所以你們才會特別緊張。」
「……小妖精完全答對。」
「畢竟《陽光吸血鬼》的音樂劇超壯觀的。」
「啊……是啊。」
我們三個一同回想。
前幾天舉辦的「陽光吸血鬼祭典」。
我們受到原作者的招待，跟那幾位固定班底一起去，剛剛體驗過月見里小姐的自信之作。
「嘖，可惡的月見里小姐。難怪她那麼有自信。」
以原作漫畫中的角色直接降臨於現實世界的完成度唱歌、戰鬥、跳舞。彷彿在高聲主張這才是真正的2．5次元。

每次回想起那場表演，我都會忍不住讚嘆。

就是如此精彩的表演。

「征宗、紗霧。本小姐問一個問題——」

妖精像在挑釁似的，對垂頭喪氣、全身僵硬的我們說：

「——你們沒自信贏嗎？」

「怎麼會！」「絕對要贏！」

「這樣啊。那就好好享受那種緊張感。本小姐也會期待的——期待你們那凌駕『陽吸祭』的作品。」

她以一如往常的爽快態度，推了我們一把。

最棒的摯友、勁敵、情敵。

「嗯，我會的……小妖精。」

紗霧和我都徹底打起精神。

我們三個並肩走進會場。

從看起來十分忙碌的工作人員旁邊經過，掛上相關人士用的入場證。

這時，神樂坂小姐看到我們，舉起一隻手。

「久候多時，和泉老師、情色漫畫老師，還有山田老師——大家都到了。」

我們在她的帶領下穿過鐵門，前往休息室。

我和紗霧招待的朋友們在裡面齊聚一堂。

「阿宗、紗霧妹妹！今天謝謝你們邀我來！跟你們成為朋友真的太好了～～」

「哥哥，小紗霧！我和朋友一起來嘍～～～」

率先跟我們打招呼的人，是智惠跟惠。這兩個人湊在一起，會給我一種身在高砂書店的安心感。

惠帶來的朋友是夏目綾妹妹和白鳥揚羽妹妹。

對我來說是有點懷念的人……她們還記得我嗎？

「「你好！」」

兩人向我鞠躬，接著在惠的介紹下跟紗霧打招呼。

這段期間，我和妖精走向休息室裡面。

「征宗，我來了！」

「感謝你的邀請，征宗哥哥大人。」

「老師，好久不見。」

「謝謝妳們三個願意來。」

是村征學姊、她的好友宇佐美鈴音，以及她們的學姊九條智代同學。我一面回憶某個畫面，一面說道：

「妳們三個站在一起，會讓人想起菜之花學園的校慶。」

「對呀——在『角色扮演咖啡店♡』工作的小花可愛的模樣，至今仍歷歷在目。」

「把那種記憶刪掉！」

村征學姊害羞地大吼。鈴音總是像這樣逗她，大大激發她的魅力。

她們是這樣的摯友。

村征學姊清了清嗓子，將話題拉回正軌，對我露出喜悅的笑容。

「征宗！我一直在期待這一天。我堅定地發誓，活動結束前絕對不能死。會場的觀眾肯定也都懷著這樣的心情。」

「別在活動開始前給我壓力啦。」

「呵呵……不好意思，我是不會道歉的。因為我相信你會讓我看見超出期待的表演。」

「嗯，這妳儘管放心。畢竟我都請妳和妖精幫忙了。」

我乾脆地回應她的期待。

這是對粉絲該有的態度。除此之外……

也是因為我真的有自信。

因為一路走來，我親眼見證了所有工作人員的努力及實力，包含我跟情色老師漫畫在內。

「我也很期待將這場表演呈現給大家看。」

「哈哈哈！是嗎！是嗎！讓我坐在你們提供的特等座體驗一下！」

今天，這間休息室裡的人統統坐在一起欣賞表演。

座位雖然離得有點遠，京香姑姑、草薙學長、席德他們也來了。

雨宮監督、赤坂導演、真希奈小姐當然也在會場吧。

還有——

原作小說的讀者、因為動畫而喜歡上《世界妹》的粉絲們，應該也來了一堆人。

不允許失敗。對和泉征宗和情色漫畫老師而言，稱之為左右未來的分水嶺都不為過。壓力山大，這次我們真的已經沒辦法再多做什麼，能做的都做了，只能祈禱成功。

我很高興。

能跟大家一起迎接祭典的總結算，令人雀躍不已。

啊啊——

快點，快點開始吧！

原作者的心情，跟太早抵達會場的人們一模一樣。

巨大的展覽館擠滿觀眾。

我們坐的工作人員區，在二樓的第一排。

我和紗霧坐在一起，旁邊是月見里願舞老師。

一度差點取消的《世界妹》和《陽吸》的比賽。

她來到現場，以為此做個了斷。

然後——

「世界上最可愛的妹妹祭典」。

人生中最大的祭典。作為總結算的活動揭開序幕。

首先由聲優上臺跟觀眾打招呼。

接著立刻進入聲優與動畫工作人員的對談環節。

聲優們艱辛地丟話題給話太少的雨宮監督，引人發笑。

跟會場的粉絲一起回顧動畫的名場面，分享製作內幕……

平穩的時間流逝而去。

接下來的節目是演唱主題曲的歌手的演唱會。

每當觀眾大聲歡呼，我的心臟都會劇烈跳動，忍不住環視會場。

主題曲播到間奏時，我和情色漫畫老師對上目光，相視而笑。

「呵呵……」

「……哈哈。」

想起來了。兩個人一起看動畫第一話的那一天。

以及兩個人一起看最終話的那一天。

淡淡的寂寥與成就感湧上心頭。

一輩子都忘不了的，跟紗霧共同創造的回憶。

但願今天的活動，也能成為跟那些日子同樣難以忘懷的回憶。

節目順利進行——

「差不多……要開始了。」

「嗯，不知道會怎麼樣。」

朗讀劇開演了。

和泉征宗第一次寫的舞臺劇腳本，在大家的幫助下精雕細琢而成的劇本。

嘔心瀝血的成果，終於讓大家看見了。

仔細一想……

至今以來，我寫了許多故事給許多讀者看。

能在閱讀的當下當面給我回饋的，只有工作方面認識的人、親近的朋友、家人……這些人。

我沒辦法親眼看到自己的讀者閱讀輕小說，樂在其中的模樣。能夠親眼確認工作成果的機會，這說不定是人生第一次。

我刻意將視線從舞臺上移開，望向周圍。

映入眼簾的是粉絲們的臉孔。

每當燈光在昏暗的展覽館內亮起，就能看見多采多姿的笑容。

儘管這個舞臺不是輕小說。

「有種以為絕對不會成真的想法化為現實的感覺。」

「幸好有努力過了。」

「……是啊。」

妹妹的眼睛直盯著我。

我彷彿在跟她共享一切。

不久後，朗讀劇落下帷幕，「世界妹祭」最後的節目開始了。

是我一直故弄玄虛說「現在還不能說」的東西。

觀眾席一陣騷動。因為這不包含在事前公布的節目表之中。

穿著美麗舞臺裝的少女，出現在大家面前。

是《世界上最可愛的妹妹》的女主角本人。

透過最新的立體影像技術，看起來就像真的有人站在那裡。

「…………原來會是那樣的效果。」

情色漫畫老師輕聲嘆息。她一直在偷偷做的工作就是這個。設計女主角的「演唱會服裝」。

「……我講不出話來。」

只講得出愧對輕小說家之名，平凡至極的感想……

真是夢幻的畫面。

彷彿從動畫裡直接穿越到現實世界的她，散發淡淡的磷光，像精靈又像幽靈，有種不可思議的感覺。

神似精靈的她俐落地跟觀眾打招呼的期間，吵鬧的觀眾席變得鴉雀無聲，我和紗霧一同懷著不安的心情靜觀其變。

事後回想起來，觀眾應該是因為這個驚喜效果太好，當場愣住了。

下一刻，響亮的歡呼聲如同潰堤的水壩席捲而來。

空氣隨之震動。肌膚陣陣發麻，像被鬼壓床似的動彈不得。雙手使不出力，想要看大家的表情，卻連脖子都動不了。

所以，我的眼睛一直盯著臺上看。

從頭到尾都沒有移開視線。

由我寫作，由妹妹繪製插畫，因此誕生在這個世界上的她的重大表演。

開心地唱著角色歌的模樣。

時間感變得怪怪的。感覺像在眨眼之間，又漫長得如同永恆。

從心中無限湧出的激動情緒，甚至無法分類。

我是在高興、愉快，還是感動呢？

不知道。胸口好悶，淚水奪眶而出。

歌曲不知不覺唱完了，掌聲及歡呼聲開始砸在我們身上。粗魯的前輩把頭髮揉得亂七八糟的觸感，持續了好一段時間。觀眾席變得更加熱鬧。

「哇……」

光芒溢出。

大家揮動著螢光棒。光芒的軌跡四處飛舞。

沒有一致性的顏色。沒有一致性的時機。雜亂的動作中，蘊含每一個人的情緒。

舞臺的帷幕緩緩降下。

我深刻體會到祭典結束了。

「哥哥。」

聽見紗霧的聲音，我轉過頭，突然被她親了一下。

「什麼……妳、妳……」

「因為……我答應過你。」

她的臉頰染上紅暈，對目瞪口呆、面紅耳赤的我微笑。

「……最喜歡你了。」

「……我也是。」

人生不存在沒有後悔可言的生活方式。

該做的事和想做的事堆積如山，什麼時候死掉都會後悔不已。

可是，現在，這個瞬間，我死也甘願。

我如此心想。

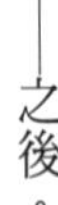
——之後。

情色漫畫老師

和泉征宗撰寫的輕小說《世界上最可愛的妹妹》，將在我正在寫的第二十集完結。

我在房間寫著最後一集，跟紗霧一起回憶「世界妹祭」的那一天。

「祭典結束後，月見里小姐跑來找我們。」

「對對對。然後——」

——恭喜，是你們贏了。

她帶著可愛的笑容祝賀我們。

——身為原作者，我當然不能認輸。

——不過，為你們祝賀勝利這點小事，無傷大雅吧？

——畢竟那場表演同時也是我的作品。

「我記得她的表情像在不甘心，又像在高興……是很神奇的表情。」

「我們也差不多吧。那一天……有太多珍貴的體驗。」

「……我在試圖回想當時的感受，卻想不起來。」

所以，我會一直拿當時的回憶出來講。

情色漫畫老師

人生最幸福的那一天。

朝著夢想猛衝的那段時光。

「快寫到最後一幕了。」

我邊說邊敲打鍵盤。

劇情不斷推進，《世界上最可愛的妹妹》的結局近在眼前。

如今回想起來，我們的故事經常與這部作品同在。

跟紗霧的關係改變、遇見妖精、村征學姊大鬧一場的契機，全是《世界妹》。

在高砂書店設置特區、和愛爾咪老師比賽、決定漫畫化。

「……發生了好多事。」

去秋葉原、去海邊集訓、去參加校慶、去神社參拜。

在豪華飯店與妖精的母親對決的回憶，我也記得很清楚。

有多少時間都講不完，真是波瀾萬丈的生活。

「……去了很多地方呢。」

「妳只是透過平板參加吧。」

「現在一直都會在一起嘛。」

「是啊。一直都會在一起。」

最近，我們在重跑一次情色漫畫老師當初是遠端參加的行程。

「下次去海邊集訓吧！」

「嗯，跟大家一起去。」

一面回味珍貴的回憶。有時跟妖精、村征學姊、惠她們一起。

「已經是最後一集了。」

「對啊。漫長的旅程終於要結束了。」

「開心嗎？還是……會覺得寂寞？」

「不知道耶。動畫二期害我忙到炸掉——完結了有種如釋重負的感覺。」

「真是的。」

「不過最強烈的，是期待的心情。」

「哦……」

「意外嗎？」

「不會呀，可以理解。」

作品完結絕對不是永遠的離別。

未來應該還會有親手撰寫他們的故事的那一天。

就算沒有好了，角色們一旦誕生，只要自己不忘記，隨時可以見到他們。

有如搬到遠方的老友。

或者是——

跟我們每年都會去看老爸和媽媽一樣——

即使忘記了，只要回想起來，隨時見得到面。

我是這麼認為。

即使故事完結，變成要以「前作」稱呼。

即使作者去世。即使它遲早會隨著時間經過被人遺忘。

應該也會留下什麼。

「「而且——」」

我們異口同聲地說。

「我有很多想寫的作品！」

「我有很多想畫的東西！」

一段旅程結束後，會開始新的旅程。沒時間給我寂寞。必須準備好好享受。

頁數所剩無幾。

一邊回憶，一邊作結吧。

我知道妹妹驚人祕密的那一天。

兩個人一起體驗的許多大事件。

宇宙第一可愛的妹妹，以及再平凡不過的哥哥的故事。

插畫家情色漫畫老師，以及輕小說家和泉征宗的故事。

若能讓大家歡笑過一次就太好了。

唯有收尾的方式，我早已決定。

「下次要寫什麼樣的作品呢，情色漫畫老師？」

「人家不認識叫那種名字的人！」

我的妹妹就是這麼可愛。

後記

我是伏見つかさ。

該寫的東西我統統寫在本篇裡，所以我很猶豫後記該寫些什麼。

本作的第一集發售後，經過漫長的時間，我終於寫完了最後一集。

感謝かんざきひろ老師。

感謝各位讀者。

如果大家喜歡上任何一位於本作登場的角色。

如果大家在閱讀本作時笑過那麼一次。

如果大家今後也能不時想起這部作品。

我會非常高興。

二〇二二年六月　伏見つかさ

在幫這一集
繪製插圖的途中，
外出處理事情，
碰巧經過……
「千住新橋」。
※動畫《情色漫畫老師》裡面出現過的聖地
※只是單純的日記。不過不覺得很巧嗎!?
太感動所以我畫出來了。
伏見老師，
辛苦您了。
還有各位讀者，
感謝大家的支持！
かんざきひろ

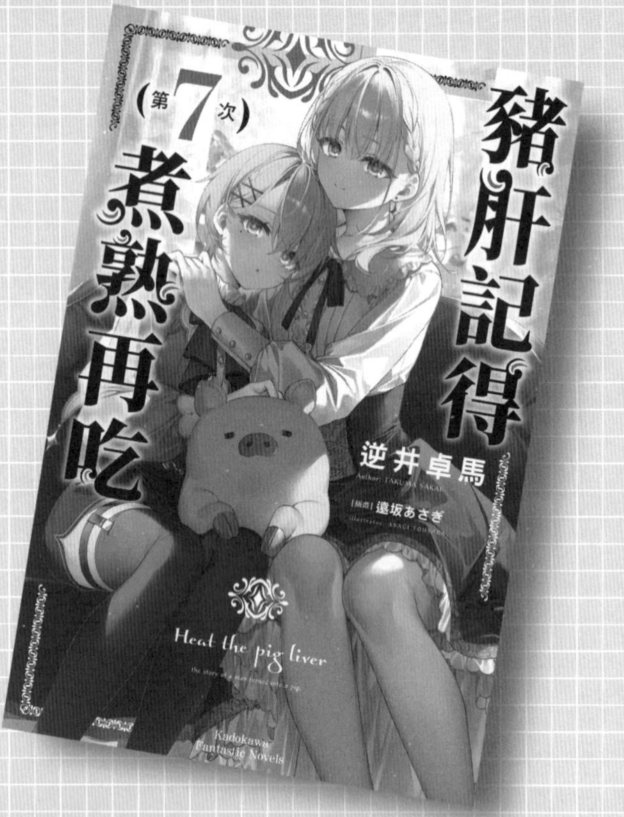

豬肝記得煮熟再吃 1~7 待續

Kadokawa Fantastic Novels

作者：逆井卓馬　插畫：遠坂あさぎ

與潔絲一同找出瑟蕾絲不用喪命的方法——
根本是豬左擁右抱美少女的逃亡紀行？

為了讓變得異常的世界恢復原狀，瑟蕾絲非死不可？我們與被王朝軍追殺的她展開充滿危險的逃亡之旅，朝「西方荒野」前進。被兩名美少女夾在中間的火腿三明治之旅，出現了意料外的救兵。救兵真正的意圖是？而瑟蕾絲始終如一的戀情，又將會何去何從

各 **NT$200~250/HK$67~83**

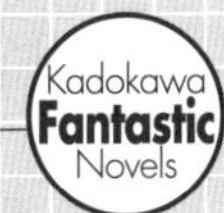

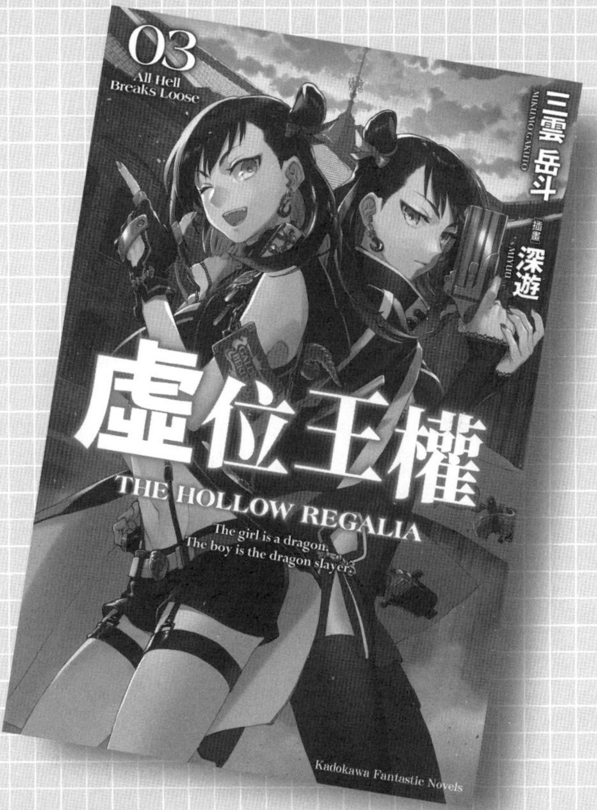

虛位王權 1~3 待續

Kadokawa Fantastic Novels

作者：三雲岳斗　插畫：深遊

彩葉身為龍之巫女一事被公開，
將使她成為全世界覬覦的目標。

彩葉的影片播放次數在一夜之間突破百萬，背後有爆料系直播主山瀨道慈暗中活躍。彩葉身為龍之巫女一事透過山瀨的影片被公開，為防止情資進一步外洩，八尋動身尋找山瀨，卻反被連合會當成連續殺人案的凶手拘拿。新的不死者們出現，要向八尋索命——

各 **NT$240~260/HK$80~87**

安達與島村 11
插畫／raemz 角色設計／のん
入間人間
Kadokawa Fantastic Novels

安達與島村 1~11 待續

作者：入間人間　插畫：raemz　角色設計：のん

長大成人的安達與島村會去哪裡旅行？
描述不同時期兩人間的夏日短篇集

小學、國中、高中——夏天每年都會嶄露不同的面貌。就算我每一年都是跟同一個人在同一段時間兩個人一起享受夏天，也依然沒有一次夏天會完全一模一樣。這是一段講述安達與島村兩人夏日時光的故事。

各 **NT$160~200/HK$48~67**

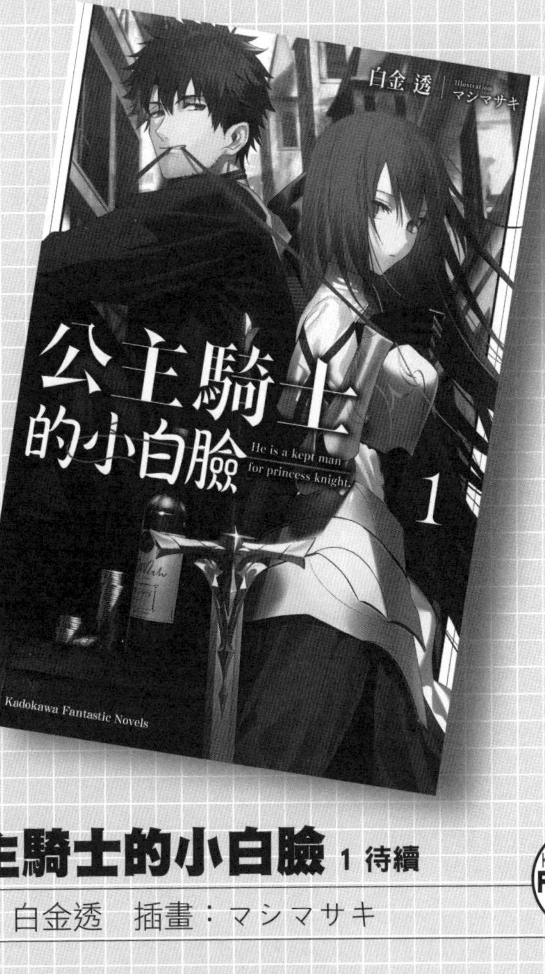

公主騎士的小白臉 1 待續

作者：白金透　插畫：マシマサキ

以道德淪喪的迷宮都市為舞台，
描述一名「小白臉」與其飼主的生存之道。

這裡是灰與混沌的迷宮都市。公主騎士艾爾玟矢志復興王國，征服迷宮。而大家都批評賴在她身邊的前冒險者馬修是個遊手好閒的軟腳蝦，還是會跟女人拿零用錢喝酒賭博的小白臉。可是，這座城市沒人知道他的真面目，連公主騎士殿下也不知道——

NT$260/HK$87

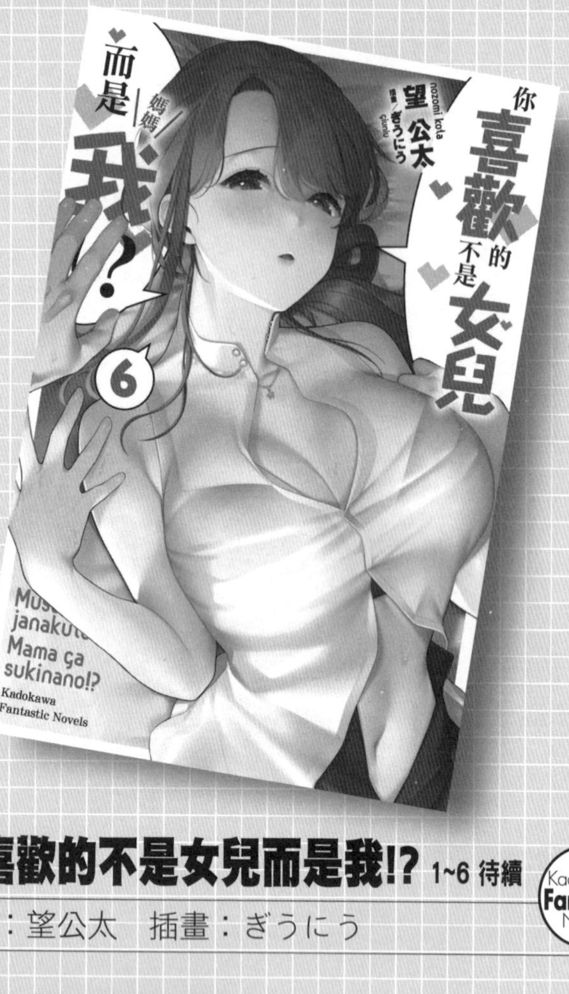

你喜歡的不是女兒而是我!? 1~6 待續

Kadokawa Fantastic Novels

作者：望公太　插畫：ぎうにう

同居生活果然騷動不斷？
超純愛年齡差愛情喜劇第六彈揭幕！

我和阿巧正在東京同居中。隨著前女友（？）的問題解決，我們即將往前邁進，展開更加甜蜜的生活——結果卻仍發生了一些狀況……究竟彼此的「第一次」有辦法順利結束嗎？而我甚至目睹了上司狼森小姐的驚人祕密……！最後還有天大的驚喜即將揭露？

各 **NT$220/HK$73**

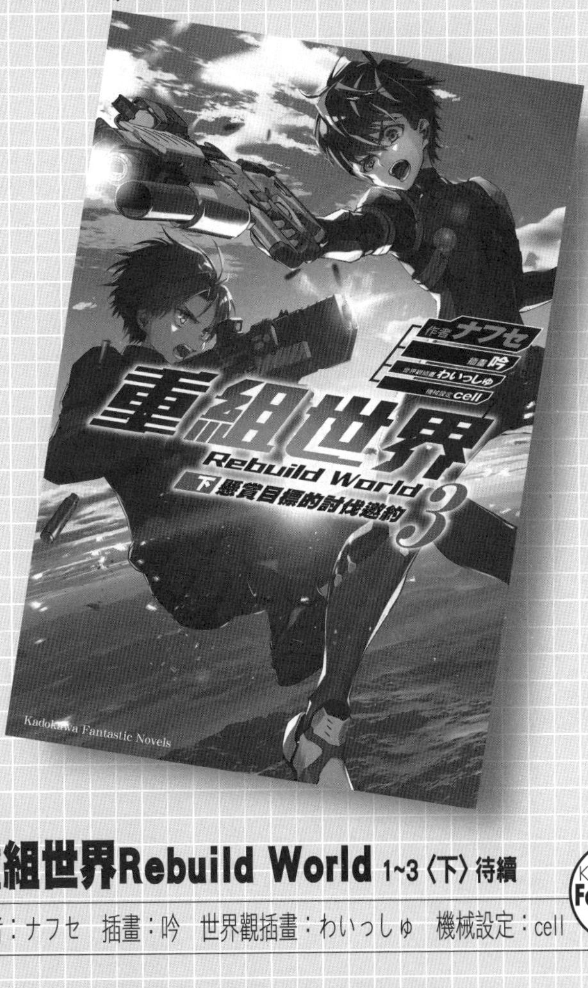

重組世界Rebuild World 1~3〈下〉待續

作者：ナフセ　插畫：吟　世界觀插畫：わいっしゅ　機械設定：cell

予野塚車站遺跡出現數隻超大型怪物，
阿基拉與克也參與討伐任務！

過合成巨蛇、坦克狼蛛、多聯裝砲蝸牛，以及巨人行者——這些怪物由於非比尋常的強度，被獵人辦公室認定為懸賞目標。為了討伐超乎常識的怪物，多位精銳獵人集結。阿基拉與克也同樣參與其中！本集同時收錄未公開短篇〈運氣問題〉！

各 **NT$240~280/HK$80~93**

魔王學院的不適任者~史上最強的魔王始祖，轉生就讀子孫們的學校~ 1~10〈下〉待續

作者：秋　插畫：しずまよしのり

阿諾斯要與迫使歷代世界滅亡的元凶對峙！
現在就將幕後黑手——那個不講理的存在粉碎吧！

　　謊稱是「世界的意思」的敵人，眼看就要將地上世界籠罩在破滅的烈焰之中。在這種絕望的狀況下，人類、精靈與龍人……過去與阿諾斯敵對、衝突，然後締結友好關係的人們，紛紛趕往迪魯海德的天空救援！第十章〈眾神的蒼穹篇〉堂堂完結！

各 **NT$250~320/HK$83~107**

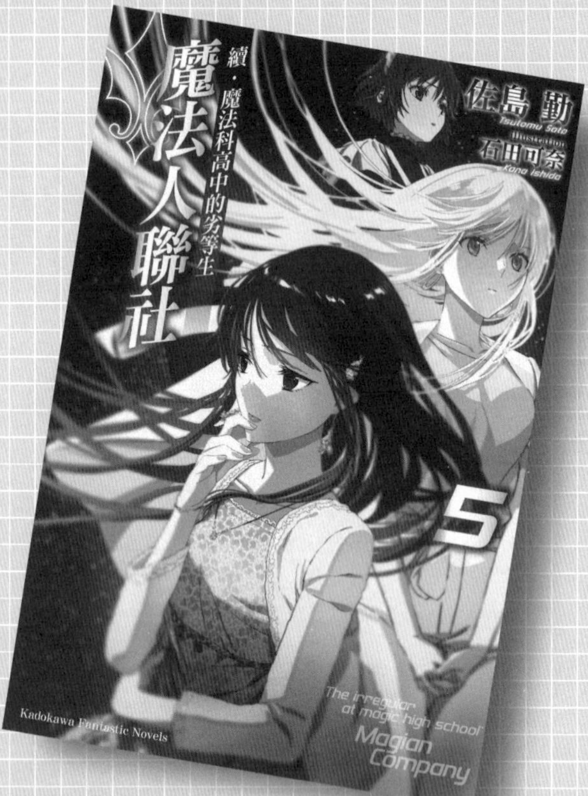

續・魔法科高中的劣等生

魔法人聯社 1~5 待續

作者：佐島 勤　插畫：石田可奈

在聖遺物「指南針」的引導下
達也將前往古代傳說都市「香巴拉」！

　　從USNA沙斯塔山出土的「指南針」或許是古代高度魔法文明都市香巴拉的引路工具。認為香巴拉遺跡或許位於中亞的達也，前往印度波斯聯邦。此時逃離警方強制搜查的FAIR首領洛基・狄恩卻接見來自大亞聯盟特殊任務部隊「八仙」之一……

各 **NT$200~220/HK$67~73**

男女之間存在純友情嗎？（不，不存在！） 1~4下 待續

作者：七菜なな　插畫：Parum

悠宇與凜音的獎勵之旅IN東京！
摯友及創作者究竟該選哪一邊呢？

這場瞞著日葵的兩人旅行固然讓人臉紅心跳，悠宇也沒有忘記這一趟還有另外一個目的——那就是從東京的飾品創作者身上得到成長的啟發。正當兩人一再產生誤會時，有人邀請悠宇參加飾品相關的個展，就此演變成悠宇與凜音賭上夢想的夏日大對決！

各 **NT$$200~280 / HK$67~93**

刀劍神域外傳GGO 1~11 待續

作者：時雨沢恵一　插畫：黑星紅白

第五屆Squad Jam開始，
蓮竟然被懸賞了高額賞金！

身為贊助者的作家這次制定的是「可以切換成由同伴幫忙搬運的一整套其他裝備」這種必定讓所有玩家陷入混亂的特殊規則。決定要挑戰SJ5的蓮等人舉行作戰會議，結果意想不到的通知寄到他們手邊——「將送給在這次的SJ裡殺掉蓮的玩家一億點數」……

各 **NT$220~350/HK$73~117**

國家圖書館出版品預行編目資料

情色漫畫老師. 13, 情色漫畫祭典 / 伏見つかさ作 ; Runoka譯.
初版. -- 臺北市 : 臺灣角川股份有限公司, 2023.09
面 ;　公分. -- (Kadokawa fantastic novels)
譯自 : エロマンガ先生. 13, エロマンガフェスティバル
ISBN 978-626-352-895-6(平裝)

861.57　　112011237

Kadokawa
Fantastic
Novels

情色漫畫老師 13（完）
情色漫畫祭典

（原著名：エロマンガ先生 13 エロマンガフェスティバル）

2023年9月6日　初版第1刷發行

作　者：伏見つかさ
插　畫：かんざきひろ
日版設計：伸童舍
譯　者：Runoka

發 行 人：岩崎剛人
總 編 輯：蔡佩芬
副總編輯：朱哲成
設計指導：陳晞叡
印　務：李明修（主任）、張加恩（主任）、張凱棋

發 行 所：台灣角川股份有限公司
地　址：104台北市中山區松江路223號3樓
電　話：（02）2515-3000
傳　真：（02）2515-0033
網　址：www.kadokawa.com.tw
劃撥帳戶：台灣角川股份有限公司
劃撥帳號：19487412
法律顧問：有澤法律事務所
製　版：尚騰印刷事業有限公司
ＩＳＢＮ：978-626-352-895-6

ERO MANGA SENSEI Vol.13 ERO MANGA FESTIVAL

Edited by 電撃文庫
First published in Japan in 2022 by KADOKAWA CORPORATION, Tokyo.
Complex Chinese translation rights arranged with KADOKAWA CORPORATION, Tokyo.